EL AMIGO OCULTO
Y LOS ESPÍRITUS DE LA TARDE

CONCHA LÓPEZ NARVÁEZ nació en Sevilla, donde estudió Filosofía y Letras, licenciándose en Historia de América.

Sus primeros contactos con los chicos fueron a través de la enseñanza, pues durante varios años ha sido profesora de Historia y Literatura. Ahora espera seguir comunicándose con ellos por medio de la escritura.

La novela histórica y los libros que tratan del campo y de los animales son sus preferidos, aunque también le gusta escribir sobre otros muchos temas.

La autora tiene cuatro hijos, que son sus primeros lectores, y cuyas críticas y consejo siempre tiene en cuenta.

Un Jurado presidido por Rafael Martínez Alés e integrado por Aurora Díaz-Plaja, Blanca Calvo, Lauro Olmo, Jesús Mayor Val, Miguel Martín Fernández de Velasco y Fernando Cendán otorgó a *El amigo oculto y los espíritus de la tarde* el Premio Lazarillo 1984.

TEO PUEBLA nace en Puebla de Montalbán, Toledo. Su inquietud por la pintura nace con él. Desde la infancia va desarrollando esta vocación de manera autodidacta hasta llegar a la profesionalidad.

Tiene numerosas obras ilustradas y también grandes cuadros en donde se refleja toda su sensibilidad hacia el mundo que le rodea, fundamentalmente hacia los niños, que, como él dice, *es lo más noble.*

Ha recibido múltiples premios por su labor, pero el último y más importante es el Primer Premio Nacional de Literatura Infantil 1982 a la mejor labor de ilustración de libros infantiles. En la colección Mundo Mágico ha ilustrado el libro de Carmen Vázquez-Vigo, *Sirena y Media*, y en esta misma *Pabluras* y *El cuento interrumpido.*

CONCHA LÓPEZ NARVÁEZ

EL AMIGO OCULTO
Y LOS ESPÍRITUS DE LA TARDE
Premio Lazarillo 1984

EDITORIAL NOGUER, S. A.
BARCELONA · MADRID

Sexta edición: diciembre 1995

Impreso en España - Printed in Spain
Limpergraf, S.L.
Depósito legal: B-43.726

A mis padres y al recuerdo,
siempre vivo, de Rafael,
mi hermano

1. Mi abuelo

De poniente sopló el viento el último día de marzo; yo lo había oído durante toda la noche entrar y salir en las casas vacías, hundiendo un poco más las viejas techumbres derruidas. Era un mal viento aquél, como suelen serlo todos los de poniente. A mí se me figuraba que tenía alguna causa de enojo con nosotros, que había venido a tomarse venganza... y no podía dejar de inquietarme:

—Este viento viene por algo, abuelo...

Mi abuelo se reía:

—Eso ya me lo tienes dicho muchas veces.

—Pero ahora es distinto, ¿no oye usted con qué furia sopla?

—Siempre que se alza el viento de poniente tú sales con la misma cantinela, Miguel. Anda, vete a dormir y no te inquietes tanto, que no hay motivo suficiente para ello.

Pero sí que lo hubo, porque aquél fue un mal viento y vino a mudar mi vida por completo.

Por la mañana aún seguía soplando, aunque ya con menores fuerzas. Observé que la techumbre de mi casa permanecía entera y que tampoco la casa de la Rosa había sufrido daño. La Rosa era mi amiga y, con sus padres, fue la última persona que se nos marchó del pueblo, aún no se cumplía un año; partiendo ellos, mi abuelo y yo nos quedamos solos en Carcueña. También seguían enteros los tejados de aquellas dos casas que nos eran vecinas, la una por la izquierda y la otra por la derecha. Nos ocupábamos de mantenerlas alzadas porque ambas nos servían de guarda; en lo que respecta a la casa de la Rosa, también le dábamos cuido; y era porque decía mi abuelo que el señor Matías y la señora Eusebia, sus padres, eran gentes calmadas y no habrían de resistir durante mucho tiempo aquel desasosiego de prisas y ruidos que solía ser la capital, de modo que tenía por seguro que se volverían pronto al pueblo, quizás con el canto del cuco... o quizás por las fiestas de mayo...

En la Rosa pensaba yo aquella mañana cuando oí los ladridos de Canelo pueblo abajo; viniendo el Canelo, mi abuelo estaría ya cerca, que aquel perro nunca se separaba de él, como la Lirio nunca se apartaba de mí.

Mi abuelo venía de los apriscos altos, de echar un ojo a las cabras seguramente.

—Te oí rebullir hasta el filo de la madrugada, por ello no tuve entrañas para despertarte alzándose el día —dijo alargándome el cántaro de leche—. Por allí arriba todo está quieto; las cabras tranquilas y la tejada entera... Pero a la cubierta de la iglesia hemos de acudir ahora mismo, porque al menos volaron una docena de tejas —añadió entrándose en casa.

—Mejor sería esperar hasta que calmara el viento, pudiera arreciar de pronto y hallarnos en descubierto —dije yo.

—Habremos de andar con mucho tiento, desde luego; pero hemos de hacerlo pronto, zagal, porque si estas ráfagas de ahora arrecian más tarde, tras las tejas quebradas, quebrarán otras tejas, y luego nos veremos en mayores apuros para reponerlas. Y hasta pudiera ser que el viento y el agua, persistiendo, llegaran a dañar el entramado de las vigas.

Mi abuelo me sirvió una ración cumplida de sopas blancas y yo seguí porfiando:

—Abuelo, pero con este viento de poniente, que se empina a cada paso, no me parece a mí día para andar por los tejados.

—Vamos a ver, Miguel, ¿quién hay en el pueblo que pueda acudir a la techumbre de la iglesia?

Lo miré asombrado.

—Sólo tú y yo —respondió él por mí—. Todos los demás marcharon, ya lo sé... pero volverán, hijo, ya lo verás... cuando no hallen lo que pensaban hallar y les apriete demasiado el recuerdo del brezo floreciendo o el rumor del riato oculto entre zarzales, tras el deshielo —murmuró en voz baja, como si, alzadas, aquellas palabras, tantas veces dichas, llegaran ya a hacerle daño—. Y cuando vuelvan, ¡cómo nos alegraremos tú y yo de que al menos la iglesia y la escuela sigan en pie!

Caminando hacia la iglesia, nos salió al encuentro un sol pálido y perezoso, sin ánimos ni fuerzas, que en nada vino a darme contento.

—Ya ves, zagal, sale el sol... si al cabo hemos de tener un buen día —exclamó mi abuelo.

—Pero el viento no calma.

—Tampoco es éste un viento como para ir tumbando robles.

—Pero puede arreciar en cualquier momento.

—Por eso hemos de apurarnos, precisamente.

Callé, arrastrando con mal humor la escalera de palo, y aparté sin miramientos a la Lirio, que se me pegaba a los pantalones y me dificultaba la marcha.

Al pie de la torre, mi abuelo empalmó la escalera que yo cargaba a aquella otra, más alta y más recia, que llevaba él, y apoyándolas luego en el muro de la iglesia, las movió de un lado a otro hasta hallar el suelo firme.

—Yo subiré a la cubierta y tú me irás alcanzando las tejas nuevas desde la escalera —dijo con un pie en el primer peldaño.

Protesté vivamente:

—Ya que usted se empeña en subir hoy, subiremos ambos y de este modo habremos de terminar antes.

—Quedarás en la escalera y me darás las tejas según yo te las pida —respondió de tal modo que entendí que de ninguna manera habría de seguir insistiendo.

—Espere, abuelo —exclamé cuando ya tenía subidos la mitad de los peldaños—. ¿No sería conveniente que se encordara usted al campanario? Así, si el viento arrecia, no tendríamos cuidado.

—Pues no estás tú poco empequeñecido esta mañana, zagal. No hemos de andar ahora perdiendo tiempo por buscar una cuerda —respondió mientras seguía subiendo.

Una vez arriba abrió los brazos y ensanchó el pecho.

—No hay viento que derribe a este roble viejo —rió solicitándome la primera teja.

Mi abuelo era alto y grande como un roble; mozos y medio, llamaban en el pueblo antiguamente a los que eran como él, del mismo modo que llamaban medios mozos, a los que no alcanzaban la talla común; viéndole reír, ágil y fuerte todavía, mis temores comenzaron a desvanecerse.

—Me está pareciendo que funde ya la nieve en las laderas; abrirá pronto la montaña y habremos de ir y venir sin aprietos —exclamó mirando a donde el sol naciente.

Como el invierno había sido templado y corto, que para los santos de noviembre aún no helaba y hasta la Navidad no cuajaron las nieves, la primavera apuntaba ya en los ribazos. Si no mudaba el tiempo, comenzando abril, habríamos de estar libres de invierno. Me olvidé del viento pensando en abril...

No quedaban más que dos tejas por colocar, iba a alargarle a mi abuelo la penúltima, cuando el viento se alzó de golpe, con una furia inesperada y traicionera. Mi abuelo, que ya estaba confiado, perdió pie, se tambaleó un momento y fue a caer sobre las tejas recién puestas.

—¡Abuelo! —grité, tratando de subir donde él estaba;

pero no pude hacer cosa alguna sino desesperar viéndolo deslizarse cubierta abajo.

Y entonces se me juntó el día con la noche, porque aquel mozo y medio que había sido mi abuelo se quebró como un junco, tomado por la muerte. Y yo no comprendía aquel silencio nuevo y aquel roble tendido que él era entonces. A su lado quedé durante muchas horas, sin hacer nada, como un lelo, asombrándome, haciéndome preguntas sin respuestas... hasta que, al sol del mediodía, el asombro se me fundió en llanto, y di en rabiar y en desesperarme por aquel cielo tan hermoso que había abierto de pronto y aquel viento que iba, ya de retirada, lamiendo mansamente los tejados del pueblo.

No atendí a las cabras, ni acudí tampoco a las gallinas, ni pensé en las horas largas de la burra, amarrada al pesebre. Consumí la jornada sin hambre y sin sed, arrimado a mi abuelo, por sentir el calor que le quedaba y darle yo del mío. Hasta que, tañendo en la atardecida las campanas de Guadarmil, volví de mi estupor y me subí a la torre.

Todas las tardes hablábamos con voces de campanas, primero con los de Guadarmil, que eran nuestros vecinos, después con los de Torjal; porque, con los montes tomados de nieves, no teníamos otro modo de comunicarnos.

—Corre, Miguel, que ya desmaya el sol tras la Cuerda de los Piornales —solía decir mi abuelo, y yo subía los peldaños de la torre de tres en tres porque nadie fuera a tomarnos la mano tocando la oración de la tarde. Y como yo era mozo y en Guadarmil andaban en una mayoría muy tocados de años y aún lo andaban más en Torjal, eran los bronces alegres de Carcueña los que quebraban cada día el silencio de los montes. Sin embargo, aquella atardecida hablaron las campanas de mi pueblo con tal congoja que hasta el brezal en la sierra debió entristecerse oyéndolas. Pensaba yo que los de Guadarmil y los de Torjal habrían de entender y, entendiendo, subirían el puerto del modo que pudieran.

12

Por poder, hubiera podido dar tierra a mi abuelo solo, que total para abrir una fosa en el cementerio me sobraban las fuerzas; pero no quería dañarle el cuerpo ni embarrarle las ropas llevándolo a rastras pueblo abajo. Ni tampoco quería que marchara de este mundo sin mayor compañía que la que pudieran darle un zagal y dos perros. Por estas causas me di en doblar las campanas hasta que mis manos tronzaron sobre las muñecas; pero si hubiera sabido los muchos apuros en los que habría de verme por ello, hubiera enterrado a mi abuelo a solas y en silencio.

2. Un pueblo abandonado no es lugar para un mozo solo

Nos pasamos la noche en la iglesia mi abuelo y yo con los dos perros; el Canelo no tomaba sosiego en ninguna parte y se alzaba y se echaba a cada momento; la Lirio, sin embargo, andaba temerosa y no se movía de mi regazo. Yo estaba de charlas silenciosas con mi abuelo:

—Se lo tenía advertido, abuelo; bien podría esperarse la techumbre sin tejas un día más. Míreme ahora, ¿qué hago yo aquí solo?, acudiendo a las cabras y al huerto, a la iglesia, a la escuela, a la casa que es nuestra y a las otras que no lo son... Todo porque usted se empeñara en tejar la cubierta con el viento aquel de poniente soplando con malas intenciones pueblo abajo; y usted sin darse cuenta, y yo diciéndoselo... y usted que no era viento como para ir tronchando robles...

Al último canto del gallo me quedé dormido y fueron las voces de los que llegaban, ya con el día abierto, las que vinieron a despertarme.

Los vecinos de Guadarmil y los de Torjal entendieron las voces de las campanas y todo aquel que pudo subió aquella mañana a Carcueña.

Cuando don Gervasio, el cura de Guadarmil, terminó

con los rezos, me echó el brazo por encima de los hombros:

—Era un hombre bueno —susurró con voz ronca.

Oí un murmullo de conformidad, y luego, uno a uno, se me fueron acercando los vecinos de Guadarmil para darme la mano y acompañarme en el sentimiento; luego, uno a uno, se acercaron también los vecinos de Torjal.

Después se retiraron todos, hablando quedamente entre ellos. Unicamente el cura y el tío Damián, que había sido amigo de mi abuelo desde mozo, quedaron rezagados.

Don Gervasio volvió a tomarme por los hombros. —Éstas son las cosas de la vida, zagal —comenzó a decir mientras marchábamos—. Se nos van los mejores... y aún tenía muchos años por delante tu abuelo, zagal... Pero éstas son las cosas de la vida, un mal viento y...

—¡Ea! Un mal viento... —repitió el tío Damián.

—Pero tú eres un mozo de una pieza, habrás de reponerte pronto; seguro estoy de que sabrás encararte a la vida... —añadió don Gervasio.

Yo asentí, sin hablar, porque no se me ocurría otra cosa, que andaba aquella mañana como fuera de mí; sin embargo, con prisas hube de meterme en mi piel nuevamente.

—¿Cuándo marchas? —dijo el cura de pronto.

Me volví hacia él, asustado y sorprendido, como si me hubiera picado un tábano.

—¿No habrías pensado quedarte aquí solo? —preguntó con igual sorpresa.

Incliné la cabeza y nada respondí; buscaba en mi mente algún pensamiento que tuviera sentido; pero desde el día anterior yo no había pensado en ninguna otra cosa que no fuera en mi abuelo. Junto a él me estuve como un lelo, hablándole, haciéndole reproches... Si hubiera tenido algún entendimiento, no hubieran doblado las campanas de Carcueña; pero no lo tuve, y ahora... ¡me daría de bofetadas..!

—Entiéndelo, rapaz, no puedes permanecer solo en el lugar. Ya era malo estando en compañía de tu abuelo, sin mozos de tu tiempo, sin escuela... Se lo tenía dicho y repetido, y siempre me respondía lo mismo: que tú tenías las raíces en la sierra, lo mismo que él las tenía y lo mismo que las tuvo tu madre... que el aire que no olía a tomillo y a espliego no era aire para ninguno de los dos... que no querías marchar ni vivir de otra forma y que en pisando la capital se te alteraba el pulso... que ya sabías lo que era necesario saber...

—Si fuéramos un algo más que un racimo de viejos, pudieras tú permanecer a nuestra sombra —interrumpió el tío Damián—. Pero repara en que Guadarmil no es otra cosa que un asilo, Miguel. Y ¿qué habríamos de darte sino toses y achaques? No, rapaz, no es en Guadarmil donde debes estar, y mira que yo sé de qué forma te tiran a ti estos riscos y estas quebradas; pero qué hemos de hacerle, son las cosas de la vida, Miguel.

—Y además están tus tíos —añadió don Gervasio—, que tanto el uno como el otro estarán gustosos de tenerte consigo. Y con ellos tendrás lo que hace tiempo ya debieras tener: unos conocimientos para el día de mañana y otra clase de vida...

—Y ¿si enfermaras, mozo? ¿Qué harías si enfermaras? —preguntó luego el tío Damián.

Lo miré y nada respondí.

—Mira, zagal, la medicina amarga, cuanto más pronto, mejor; que herida sajada, herida curada —añadió don Gervasio—. Así que ahora tomas de tu casa lo que te sea necesario y te vienes con nosotros a Guadarmil, y mañana mismo te acercamos hasta el ramal de Navalbuena y allí tomas el coche de línea. De buen grado te llevaría yo mismo a la capital; pero estos días ando revuelto, y a mí la carretera me acrecienta los males. Y como tú ya has ido a la capital otras veces y conoces la forma de llegar a tus tíos, no hay cuidado, ¿verdad, mozo? Pues entonces lo dicho, te vienes con nosotros y mañana tempranito: ¡a la capital!, que a tus tíos, teniéndote, ha de aliviárseles la pena de tu abuelo.

En mis tíos pensaba yo y en la manera en que solíamos hallarlos cuando acudíamos a ellos, porque ellos nunca acudían a nosotros. Y en aquel no saber de qué hablar, y en aquel abrir las ventanas disimuladamente para que se fuera un cierto olor a cabra que nosotros percibíamos, y en aquel decir que en la casa no había lugar para un alfiler y que si no fuera por eso estarían tan gozosos de ofrecernos mesa y techo.

—Quita, hijo, quita —decía mi abuelo entonces, alzándose de la silla que apenas habíamos calentado—. Si nosotros hemos de acudir al rebaño y de ninguna forma podríamos dormir fuera del pueblo.

—¡A casa! —decía mi abuelo, aligerando el paso hacia el coche de línea mientras se enderezaba; que la estatura en la capital se le había quedado como empequeñecida. Y luego el coche de línea no paraba de traquetear alegría carretera adelante y, ¡qué contentos íbamos mi abuelo y yo de vuelta a casa!

Volví de mis pensamientos y don Gervasio aún seguía hablando:

—... Y no andes alterándote a causa del ganado, que ya habrá quien acuda desde Guadarmil para aviarlo; pero tú apura a tus tíos para que determinen pronto lo que ha de hacerse con los animales, porque ya sabes que quien más y quien menos está sobrado de años y anda a rastras con sus achaques...

No gasté mucho tiempo tomando lo que habría de serme necesario para el viaje: un algo de dinero, una manta ligera, una cuarta de pan y una porción crecida de queso de cabra; con ello y otro tanto de determinación para llevar a cabo lo que estaba pensando se colmaron mis alforjas y nos pusimos en marcha.

La Lirio y el Canelo corrían detrás de la furgoneta de don Gervasio como si en ello les fuera la vida. Los vi por última vez doblando el recodo del hontanar y después se me quedaron confundidos con brezales y helechos "Ea,

Lirio, ea, Canelo, ¡a casa!... Volved sin pena, que mi ausencia no ha de ser larga", les grité sin palabras.

—Me da contento verte tan en razón, zagal —masculló don Gervasio un tanto sorprendido.

—A la postre habrás de alegrarte, Miguel, porque, métetelo en tu cabeza, esta vida que te dejas detrás, no era vida para un mozo —añadió el tío Damián.

Otra vez asentí sin hablar, y asintiendo me estuve todo el día, porque no hallaba otra cosa que hacer que me fuera de mayor conveniencia.

Pasé la noche sin pegar un ojo, pensando en cuanto me había sucedido y en aquello que iba a hacer en adelante. Pesábanme las horas en vela y sin embargo no podía hallar reposo. Cien veces me acerqué a la ventana por ver llegar el alba, y a la primera luz del día estaba ya en la cocina del cura esperando la marcha.

—Grandes prisas te das para partir, mozo —me dijo don Gervasio con la voz nuevamente asombrada.

Yo callaba, y de camino hacia el ramal de Navalbuena tampoco hablé gran cosa, que estaba temeroso de descubrir de algún modo lo que me estaba apretando la mente.

—Bueno, mozo, ve con Dios y no desaproveches aquello que tus tíos puedan darte —me dijo el buen viejo cuando el coche de línea, chirriando de frenos y de años, se paró a nuestro lado.

Dejándolo con Dios y agradeciéndole lo hecho, me despedí de él y subí al coche.

Nada vi yo durante aquel viaje, ni tampoco oí nada, que mi único afán era llegar a la capital para, pronto también, tornar al pueblo; porque eso era lo que tenía determinado desde el día anterior, volverme secretamente por donde había venido.

Ni un momento siquiera, pasado el primer pasmo, había pensado en marchar con mis tíos. Muchas razones creía tener para no hacerlo, una de ellas, aunque no la mayor, era aquel olor a cabra que parecía desprenderse de mí en cuanto pisaba la capital, y aquel sentirme diferente de cualquier persona con la que me cruzaba, y aquel menguarse la estatura de la gente de pueblo sintiéndose perdida en el trasiego de idas y venidas... Pero lo que de verdad me empujaba a volver eran aquellos montes míos arropados de brezos, aquella nogalada que sombreaba el soto de las moras... los perros esperándome, mi burra Catalina amarrada al pesebre, las cabras en los apriscos altos... y, sobre todo ello, el pueblo solitario y las palabras, tantas veces repetidas, de mi abuelo: "Tú, Miguel, habrás de abrigar en la memoria estos hechos que yo te cuento ahora sobre las gentes que vivieron aquí, porque unos murieron y los otros marcharon, y no habrá de quedar, corriendo el tiempo, noticia alguna sobre ellos si tú no los recuerdas. Y si eso, zagal, llegara a suceder algún día, el pueblo habría muerto para siempre".

Estas cosas me las decía mi abuelo de atardecida, cuando, cumplidos los quehaceres del día, paseábamos ambos pueblo arriba, pueblo abajo, y él me iba contando quién había vivido en aquella casa y quién en aquella otra; cómo era cada cual en lo de dentro y en lo de fuera, cuáles habían sido sus acciones y qué hechos le habían sucedido.. Y de esta manera cada casa del pueblo, aunque estuviera con la techada hundida y cubierta de escombros, tenía para mí un dueño y una historia.

Caminando pensaba recorrer los ochenta kilómetros que me separaban de Carcueña... No hallaba otro modo de hacerlo sin peligro de ser descubierto, y por otra parte no eran las distancias ni las andaduras las que oprimían los ánimos de aquel mozo de trece años cumplidos y algunos sinsabores a la espalda que era yo por entonces.

3. La vuelta y el primer sobresalto

Volví a Carcueña el tercer día de abril, por la tarde, con el cuerpo roto y los pies que no me sostenían. Había caminado dos jornadas enteras sin tomar más descanso que el que exigían mis piernas cuando ya no podían seguir manteniéndome alzado.

Dormí poco y mal, en cualquier parte, y también comí poco, de lo que llevaba en las alforjas y algo más que compré al paso. Los días estuvieron libres de lluvias, la noche que pasé al raso limpia de hielos y nada me ocurrió de interés, bueno o malo, durante aquel viaje. Por eso no recuerdo de él sino el cansancio y las prisas que me daba para llegar. Sin embargo, apenas entré en el pueblo, me tomaron los primeros sobresaltos:

Estaba yo parado en los bajos de la costanilla de Pedrales, que abre paso a Carcueña, recibiendo las fiestas de los perros. Ellos, brincando de gozo, me lamían las manos; yo, oprimido el pecho de emociones, los iba acariciando: "¡Canelo, Lirio!", pensando al mismo tiempo en el pueblo, tan triste y tan vacío. Ellos y yo en el pueblo únicamente: "¡Canelo, Lirio", y la burra en la cuadra, y las gallinas, y las cabras en los apriscos altos (y las cabras en los apriscos altos...), y la fuente manando a orillas de la escuela, y el riato con sus voces de agua... pero ni una persona que al paso me dijera buenas tardes. Nadie había en Carcueña sino era yo, porque de sus vecinos, los unos habían muerto y los otros se habían marchado. Esa al menos había sido mi creencia hasta entonces; pero estando a solas con los perros, tomado de congojas, sentí de pronto la inquietud de unos ojos clavados en mi espalda; me volví como un rayo, sin pensar ni preguntarme nada, sintiendo únicamente que alguien me miraba. Sin embargo, no vi a nadie ni oí ruido alguno, y como los perros seguían sin alterarse, me dije que habrían sido figuraciones mías. Marchando hacia mi casa, los ojos aquellos me seguían por detrás y comencé a temer: ¿Sería alguien de Guadarmil o alguno de Torjal? De ellos debía yo ocultarme; pero no me parecía posible, porque de haberlo sido, hubiéranme salido ya al encuentro, gritando el asombro de mi vuelta. Aquel que me miraba, se escondía. Y ¿quién podría ser?, si a Carcueña no se llegaba nadie que no fuera de Torjal o Guadarmil; si Carcueña no era sino cuarenta casas mal contadas al extremo del mundo. Los meses y los años se nos habían pasado sin visitas algunas. Pensé entonces que el pueblo pudiera estar tomado de fantasmas: "Ea, Miguel, eso será el espíritu de un vecino cualquiera". Pero este pensamiento no me dio mayor frío ni mayor calor que el que ya tenía en el cuerpo, porque a los fantasmas yo los había puesto donde debían estar, ni más altos ni más bajos, y no creía que fueran calle arriba, cubriéndose con sábanas de muertos; pero sí creía que en las casas sin lumbre queda siempre una parte del alma de los que en ellas tuvieron sus querencias. Y algunas veces, cuando alguien que vive todavía, anda a solas y en silencio, sucede que percibe la presencia de un espíritu que antes no percibía por ir alborotado.

Y con esta creencia marché aquella tarde a mi casa. Sin embargo, no eran los ojos de un espíritu los que tenía yo clavados en la espalda; los espíritus vinieron más tarde a ocupar un lugar en mi mente, y fue a causa de hablar a solas y pensar tanto en ellos, pero lo hicieron sin sombras ni inquietudes; los sobresaltos y las sorpresas me llegaron enseguida por causas muy distintas.

Entrando en casa todo lo encontré a punto: las gallinas con grano y agua y la burra con paja en el pesebre, tan contenta de verme la pobre. Me llegué luego a los apriscos altos, que están apartados del pueblo unos quinientos metros aproximadamente, y también los hallé en orden: ordeñadas las cabras, con el ramón pendiendo en las paredes y el suelo barrido de estiércol. Diligente había sido aquél de Guadarmil que subió hasta Carcueña para favorecerme; mucho se lo estaba agradeciendo; pero no pensé entonces en el aprieto en que iba a ponerme su presencia.

Volviendo de los apriscos comenzó el sol a ocultarse tras la Cuerda de los Piornales. —¡Corre, Miguel, no vayan a tomarte la mano los de Guadarmil tocando la oración de la tarde! —me dije, por la fuerza de la costumbre, acelerando el paso hacia la iglesia. Al pie de la torre me volvieron de golpe todas las entendederas: —¿A dónde vas Miguel, es que quieres pregonar de cerro en cerro tu vuelta al pueblo...?

Sonaron las campanas de Guadarmil y luego sonaron también las de Torjal; en Carcueña, sin embargo, permanecieron mudos los bronces de la iglesia, y yo caí en la cuenta que desde ahí en adelante habría de vivir oculto y en silencio.

Aquella noche me acosté entre inquietudes y tristezas, diciéndome que la luz del día siguiente habría de traerme los ánimos que necesitaba; pero la mañana abrió con sobresaltos, porque no me desperté por mí mismo ni tampoco me despertaron los perros; sino un rumor de pasos y de voces sonando en el interior de mi casa. Me incorporé en la cama sorprendido y confuso. Era alguien que iba torpemente de la cuadra al doblado... yo lo oía subir la escalera de palo. "¿Quién podrá ser, Miguel?, y ¿qué andará buscando allí en lo alto?", me pregunté saltando de la cama y corriendo hacia un arca grande que había en la alcoba. En ella me oculté, aunque dejé abierta una rendija por si podía escuchar algo. Aguzando el oído, reconocí la voz cascada y vieja del tío Damián: —Quita, quita, Canelo, que al cabo habrás de dar en el suelo con la paja y conmigo; aparta, chucho, que no estoy yo para brincos —en éstas estábamos cuando se me escapó la tapa del arca y vino a cerrar con algo de ruido. Me latía el corazón de tal forma que parecía que el tío Damián podría percibirlo desde fuera—. Pues no diría yo que sentí un golpe —oí murmurar al buen viejo. "Pun, pun" hacía mi corazón como aldaba en la puerta...—. Habrá de ser algo por allá fuera, o la burra, o la perra, o yo qué sé..., o viejo que está uno, que ya ni sabe lo que oye —murmuró para sí el tío Damián; pero el Canelo se dio entonces en ir y en venir y en olfatear la tapa del arcón y volver luego al viejo... Y a mí que se me detenían los pulsos, y los pasos del tío Damián aproximándose... y de pronto, en la cocina, un rumor de cascos y un estropicio—. ¡Maldita burra y maldito perro, que hiciste que de ella me olvidara teniéndola suelta! —rezongó el tío Damián para mi alivio.

No recuperé el ritmo del corazón hasta que no sentí la furgoneta marchando calle arriba. Lo que restó de la mañana, lo gasté pensando de qué modo habría de hacer para que ni el tío Damián ni otro cualquiera volviera por Carcueña.

Bajando al mediodía a Guadarmil, iba diciéndome que habría de andar con los ojos abiertos si quería que el plan que había trazado tuviera buen fin; con los ojos abiertos y acompañado de suerte también. Por el camino vine a animarme un tanto, pensando que igual interés tendrían los de Guadarmil en subir a Carcueña que yo en que subieran.

Asombráronse un tanto al verme el tío Cirilo y la tía Romera, su mujer, que fueron a los que hallé primero entrando en el pueblo; pero luego quedaron conformes cuando les dije que iba con un recado de mis tíos, porque habiéndonos llegado a Carcueña con un camión de carga para el ganado, habían ellos determinado ir a venderlo hasta La Travesera, porque el camino forestal que llevaba a aquel pueblo, aunque suelto de piso y abundoso de baches, era mucho más ancho que aquella carretera que pasaba por Guadarmil, Torjal y otros distintos pueblos. Que les quedaban tan reconocidos por el apaño que nos habían hecho con los animales, y que supieran que desde allí en adelante la casa y la cuadra habían de permanecer cerradas.

Y con estas explicaciones que les di quedaron tan conformes, ellos y los que habían ido llegando, que fueron todos. Luego dieron en hacerme preguntas de cómo me hallaba yo donde mis tíos y si echaba a faltar al pueblo y a los montes, a las cabras y a los perros... y otras tantas cosas diferentes, y a todas respondí lo mejor que pude, haciéndome violencia para poder mentir sin sonrojo.

De Guadarmil salí comido de pesares, no sólo porque a los de aquel pueblo yo les tenía aprecio desde antiguo, sino también porque eran sus voces las últimas humanas que pensaba oír en mucho tiempo. Y los dichos de un hombre, aunque no sean de interés, son motivo de gozo para quien no tiene compañía ni espera tenerla, como me sucedía a mí entonces.

Entré en Carcueña hablando con la burra, diciéndole, por oír algo, que estaba solo y que la soledad aquella, aunque nueva, me estaba ya pesando lo mismo que una losa.

Sin embargo, olvidé en un instante soledad y palabras porque volví a sentir, como una punzada en mitad de la espalda, que alguien me miraba. Salté de la burra y miré hacia atrás, a lo alto y a lo bajo, a la izquierda y a la derecha. Llamé a los perros: "¡Canelo, Lirio!, buscad pronto, que en el pueblo hay alguien que se esconde... Busca, Canelo, y tú, busca también, Lirio". Y los perros tan tranquilos, haciéndome fiestas, como lelos, sin acudir a ninguna parte, como si nada se les diera de que en el pueblo hubiera alguien o no lo hubiera. Y esto no llegaba a entenderlo, porque cuando vivía mi abuelo, si algún extraño se acercaba por casualidad a Carcueña, sin entrar siquiera, los perros se ponían como locos. Entonces, ¿era que conocían a aquel que se ocultaba? En Guadarmil me dejé a cada cual donde debía estar, y de Torjal no subiría nadie sin motivo, que eran pocos y viejos y nada se les había perdido en aquellas alturas... ¿Quién entonces? Y no era cosa de mi mente tampoco; sentía yo, o al menos me parecía sentir, que en Carcueña había alguien; pero, ¿dónde se escondía?, y ¿por qué? ¿Vendría con buenas intenciones o con malas? ¿Desde cuándo se ocultaba?... ¿Qué debía hacer yo ahora?, ¿buscarlo u ocultarme de él lo mismo que él se ocultaba de mí?

En perplejidades me estuve toda la tarde, en perplejidades una parte de la noche y perplejo me halló también la luz del día. Hasta que determiné que habría de buscarlo, porque pensé que al cabo era mejor saber que seguir a ciegas, y que si aquel que me andaba al acecho quisiera hacerme mal, más tarde o más temprano vendría con el empeño. —Mejor será que lo encuentres tú, Miguel, a que te encuentre él a ti —me dije, cogiendo la escopeta de perdigones y el cuchillo de monte para empezar la ronda preparado.

4. ¿Quién se oculta en Carcueña?

Se me fue una semana sin hacer otra cosa sino buscar y alterarme por cualquier causa, que el quebrar de una rama, el aleteo de un pájaro, una puerta que batía... me daba sobresalto. Hasta que al cabo me cansé de mirar y no ver y de andar comido de inquietudes. —Mira, Miguel, lo que sea sonará, olvídate de ello, que tienes a las cabras en descuido y lo mismo tienes a la burra y a las gallinas; además, abril ya avanza y habrá que cuidar la sementera del huerto de verano, si es que quieres que junio te florezca —me dije colgando la escopeta y dejando el cuchillo sobre el vasar de la chimenea.

De todas formas, mirar, yo seguía mirando, aunque por el rabo del ojo; inquietar, yo seguía inquietándome, aunque haciendo por acudir a otras cosas. —¿Y si fueran figuraciones tuyas, Miguel? ¿Y si el estar solo te estuviera tocando la cabeza? —me preguntaba algunas veces—. Bueno, Miguel, lo que sea sonará —me respondía otras tantas. Y sonó una noche de abril, después que el viento de poniente tomara de nuevo al pueblo por su cuenta.

Comenzó con menudencias por la tarde; pero cerrando la noche, arreció envuelto en sombras, alzando tejas y quebrando ramas. Se colaba por debajo de las puertas, asustaba a la lumbre por la campana de la chimenea, apretaba el vidrio de los ventanos... Sobre mi cabeza crujía el chopo viejo de las vigas, y en la cuadra rebullía el miedo de mi burra. Le tomé compasión y la llevé conmigo a la cocina. —Ea, Catalinilla, sosiega ya y arrímate al fuego; pero no me hagas estropicios. Y tú, Canelo, estáte quieto... pues no parece como si nunca hubieras visto un burro...

Había tomado la costumbre de hablar con los perros y la burra; y era por no oír al silencio tan de cerca y alejar la soledad unos pasos. Y aquella noche, con la pena de mi abuelo haciéndose grande en todos los rincones, hablándoles, hallaba también un mucho de consuelo.

Empezó a llover con fiereza y comenzaron a caerme las goteras del techo.

—¡Maldita sea! Si no me apuro mañana con las tejas, pudrirá el agua la madera, y adiós techumbre entonces; pero tú, Canelo, no alborotes, que a ti en nada va a alterarte la vida; sin embargo, a mí, ya verás de qué modo me aumentan los trabajos...

Avanzando la noche, arreció la lluvia, redobló el viento y, para colmo de los males, comenzó una tronada que me estaba pareciendo habría de terminar en pedrisco, ¡ahora que ya venían floreciendo los ciruelos...!

Los perros estaban alterados, como si presintieran algo que les moviera a inquietarse y a inquietarme.

—Estáte quieta ahora, Lirio, y no me vengas con lloros; y tú, Canelo, sal de ahí, que más pareces un perrillo de vieja que un perro de pastores, hijo de aquellos que en otros tiempos hicieron frente a los lobos... ¡Maldita sea, Canelo! no te menees más debajo de la silla, que acabarás tirándome. —Rezongando estaba yo, cuando bramó el viento como un animal furioso y pareció que el tejado se iba por los aires; luego se sacudió el monte a espaldas de mi casa, crujió la piedra de la corralada y comencé a oír una zarabanda de golpes y ruidos.

Me alcé de un salto y, persignándome, esperé lo que hubiera de venir seguidamente; pero calmó el viento de repente, que así son los vientos del oeste, bravos y apresurados, y la casa siguió en pie. Escuché y no oí sino los latidos de mi corazón. Tomé el candil y, temiendo por lo que había de hallar fuera, salí al patio. Peor fue lo que hallé que lo que pensé hallar: la tejada de la cuadra hundida en una parte, la paja esparcida y el pesebre anegado de agua y barro; el gallinero removido, con los nidales en el suelo y las gallinas alteradas, cobijándose las unas con las otras. Pero esto no era nada para lo que encontré en el huerto de invierno [1], porque desprendiéndose el monte en el que se apoyaba de algunas rocas sueltas y de una porción de tierra, fue a dejarlas caer sobre mi huerto, quebrando con el golpe la pizarra de la cerca. Hallé las coles y las berzas muriendo bajo un manto de piedras y barro, y me tomó una congoja, y una desesperanza, y un no saber qué hacer, que allí mismo me eché, en las piedras y el barro, sobre las coles y las berzas muertas. "¡Miguel, Miguel! ¿qué vas a hacer ahora?". Yo no tenía respuesta para darme, y tampoco quería pensar en la techumbre de mi casa, ni en las de las casas vecinas, ni en la de la casa de la Rosa, ni mucho menos en la escuela y la iglesia... Sentía yo sobre la tierra mojada el frío que había dentro de mí, no el que había fuera, y no percibí que las nubes marchaban y que el cielo abría en estrellas hasta que una luna clara y ancha, como pandero de fiestas, vino a darme en la cara; me pareció que llegaba en son de burla, y, escupiéndole enojos, entré en casa.

Me acosté sin desnudarme, con el ánimo quebrado y el cuerpo abandonado de fuerzas. Y pasé una parte de la noche atormentado, pensando que el viento de poniente habría de poder conmigo y que al cabo no tendría otro

---

[1] En algunos lugares muy fríos hay pequeños huertos pegados a las casas, abrigados de los vientos por cercas altas, donde se cultivan hortalizas de invierno: coles, berzas...

remedio que dejar al pueblo solo, tristeando a su suerte; la otra parte la pasé en un medio sueño que no me trajo alivio ni reposo.

Amaneció un día calmado y claro, azul, como suelen serlo los de abril, oliendo a mayo, y halló al pueblo hundido y roto, que lo que antes comenzaba a caer ya había caído y lo que aún estaba en pie empezaba a derrumbarse; hundido y roto me halló también a mí, porque ni ánimos tenía para dejar la cama. Haciéndome fuerzas, salí por fin al patio, por ver si aviaba la parte del tejado de la cuadra que había caído, para darle cobijo a la burra, que no cesaba de patear en la cocina. Se me detuvo el aliento en los labios y en un primer momento creí que eran visiones aquello que estaba viendo: no faltaba una teja en la techumbre de la cuadra, ni una sola..., me restregué los ojos con los dedos y seguí viendo la tejada completa. "Miguel, Miguel...", pero yo estaba seguro de que el viento me tomó una parte de ella... Me asomé al huerto de invierno por ver si allí las cosas seguían siendo como las había dejado, y sí lo eran; pero hallé algo que vino a darme una luz sobre aquel misterio de la cuadra que me tenía confundido el entendimiento: eran unos pasos, largos y anchos, de hombre grande, marcados en el barro. Y enseguida me vino a la memoria aquel mirar de ojos ocultos que algunas veces me tomaban por la espalda. "Era cosa segura, Miguel, no ibas engañándote; aquí lo tienes ya, y ha venido con buenas intenciones...", me dije tratando de seguir aquellas huellas amigas que me tenían alterado los pulsos y que de pronto me devolvían los ánimos. "Hay alguien en Carcueña, Miguel, no estás solo, Miguel... No estás solo... No estás solo...", me repetía una vez y otra, rodeando mi huerto, siguiendo luego pueblo abajo, dejando atrás la iglesia y el cementerio, cruzando el riato hacia los apriscos altos... Creía yo que los pasos aquellos seguirían sierra arriba, y sierra arriba pensaba seguir también... Pero los perdí mucho antes de llegar a los primeros riscos. Desaparecieron a orillas del robledal, dejándome perplejo porque no había rastro de ellos entre los árboles. Comenzando el bosque, terminaban los pasos, como si se los hubiera tragado la tierra... y yo conocía el lugar del mismo modo que conocía la palma de mi mano, porque a la vera del robledal, pegando con él, estaban los apriscos altos, y a los apriscos había subido yo todos los días de mi vida. Busqué hacia la derecha y luego hacia la izquierda... entré en el bosque y salí de él, lo rodeé enteramente, y más tarde miré también la tierra húmeda, apriscos adentro; nada hallé en ninguna parte, y sin hallar nada me volví al pueblo haciéndome preguntas. Haciéndomelas estuve todo el día, buscando en mi mente y en mis recuerdos algo que pudiera encenderme una luz o darme alguna idea. Alguien había en Carcueña, y ese alguien no me procuraba daño alguno, sino muy al contrario; pero, ¿por qué se ocultaba y de qué modo? Me tomó el sueño preguntándomelo.

Me levanté al alba, tocado de preguntas nuevamente. Eran tantas las prisas por asomarme al huerto que dejé la casa vestido sólo a medias. "¿Habrá vuelto esta noche, Miguel?", me decía ajustándome los pantalones, patio adelante. ¡Vino!, y hallé el huerto limpio de barro y piedras y la cerca comenzando a alzarse... Y se me entró el gozo en el cuerpo de tal forma que no me podía estar quieto, y los perros, viéndome tan contento, se alegraban también y saltaban conmigo. Luego yo me puse a reír y ellos ladraban risas a mi par. Me dije que desde ese día en adelante, no habría viento de poniente que pudiera asustarme y que ya podría soplar a gusto, porque yo habría de estar listo para alzar, con la ayuda de aquel amigo a quien no conocía, lo que él fuera derribándonos. Luego me puse a trabajar, siguiendo allí donde mi amigo lo había dejado.

Trabajé durante todo el día, y por la tarde, tomándome un respiro, seguí nuevamente los pasos, haciendo por hallar el lugar en el que se ocultaba aquél a quien pertenecían. Y busqué hasta que, de pronto, me vino a la mente el pensamiento de que si aquel hombre a quien había

comenzado a llamar amigo no quería mostrarme el rostro, de ninguna forma habría de ir buscándole las vueltas para llegar a vérselo. Estaba cerca y acudía en mi ayuda, eso era ya suficiente. Así que me volví por donde había venido, alegrándome porque no estaba solo.

Corrió abril calmado de vientos, manso de lluvias y generoso en soles. Mi amigo y yo trabajábamos en las mismas tareas, él durante las noches y yo durante el día, sin vernos nunca; pero siempre con un mismo afán, que lo que yo comenzaba, lo terminaba él, y allí donde él dejaba la azada o la azuela, las tomaba yo. Algunas noches sentía cerca rumores de trabajos o veía a través del ventano una sombra alargándose a la luz del candil. Me apretaban entonces unos deseos tan grandes de salirle al encuentro que en más de una ocasión, para no hacerlo, me quitaba la ropa y la arrojaba lo más alto del doblado, para que, si llegaba a cogerla con prisas, estuviera tomada por el polvo del grano y las briznas ásperas de la paja. Sin embargo, fueron dos las veces en las que me eché a la calle sin ropa ninguna, envuelto en una manta, empujado por la inquietud de verlo; pero mi amigo parecía tener cientos de oídos y ojos repartidos a lo largo del cuerpo, porque el más leve rumor lo ponía en guardia.

Y no era sólo en el trabajo en lo que mi amigo y yo íbamos a la par; sino que también hallábamos provecho de aquello que el uno podía ofrecer al otro; y así, si mi amigo tenía algo de caza o pesca, yo tenía caza y pesca también; y cuando mis gallinas ponían, él comía huevos frescos, y nunca le faltaba un cuenco de leche ni una porción de queso. A la puerta de mi casa o sobre la piedra de la fuente de la plaza solía yo hallar aquellas cosas, y en el mismo lugar solía dejárselas a él. Luego mi amigo tomó la costumbre de dejar sus presentes sobre tallos de junco y a mí me gustaba que él encontrara los míos sobre ramas de brezo; y así, a la larga, junco y brezo fueron para nosotros señales de amistad.

5. Carcueña de los espíritus o la perra vieja

Los primeros días que pasé en Carcueña después de la muerte de mi abuelo, estuvieron colmados de tristezas, inquietudes y sobresaltos. Luego, teniendo la certeza de que no estaba solo y de que aquel que se me ocultaba era mi amigo, comencé a sosegar y las aguas volvieron a su cauce.

Poco a poco las cosas fueron como antes eran, atendía en lo debido a los animales y comencé a dar labor a la tierra sin grandes esfuerzos, porque desde que era un rapaz que no alzaba un palmo del suelo no había hecho otra cosa. Tenía lo que era necesario para vivir con calma, porque con las gallinas poniendo y las cabras dando leche, me sobraba el alimento; pero además tenía el huerto de invierno y el de verano para abastecerme de verduras y legumbres, y sobre todo eso mi amigo me venía con caza y pesca; así que no era la comida, ni el vestido tampoco, porque ya sabría apañarme la ropa del abuelo cuando faltara la mía, por lo que yo me inquietaba. Me inquietaba únicamente que mis tíos hicieran por llevarme con ellos o que alguno de Guadarmil o Torjal descubriera que había vuelto a Carcueña; pero en lo uno y en lo otro pensaba pocas veces. No me inquietaba ya, como he dicho, el viento de poniente, porque sabía que había de tener quien me ayudara a plantarle cara. Así que no fue aquel que siguió un verano de inquietudes, sino un verano de esperanzas; porque yo suponía que con los días largos volvieran al pueblo la Rosa y sus padres y esperaba también que, corriendo el tiempo y ahondando la amistad, aquel amigo a quien no conocía se me hiciera presente. Pero no me cumplió el verano ni una cosa ni otra; sin embargo, tuve otras visitas e hice otros conocimientos durante aquellos días luminosos, y poco a poco las tardes de Carcueña se tornaron bulliciosas, y jugaron los niños a las puertas de las casas, y las mujeres volvieron a prender la lumbre en los hornos de hacer pan. Pero todo aquel bullicio sólo estaba en mi mente y yo lo traía a mi memoria para hacer recuerdo de mi pueblo, tal como mi abuelo había querido; sin embargo, a fuerza de pensar y a fuerza de volver sobre mis pensamientos, comencé a ver fuera de mí a aquellos en quienes pensaba, y después de algún tiempo ellos eran una cosa y yo era otra distinta. Así, cuando por las tardes, después de haber cumplido todos los trabajos, yo paseaba por las calles desiertas, las casas derruidas me parecían nuevamente alzadas y alegres y se abrían para mí todas las puertas. Pensando en las palabras de mi abuelo, las palabras vivían: "¿Te acuerdas de Cornelio y el barbero, Miguel? Cornelio era muy viejo cuando tú naciste y se murió estando tú chiquito todavía; pero fue él quien te dio aquellos dos gazapos que parecían de lana, el uno blanco y el otro gris" ¿Que si me acordaba yo de Cornelio el barbero? Pues si lo tenía tan presente que lo veía ahora viniendo calle abajo con una rama de roble a modo de cayado, la gorra calada hasta los ojos y el cuerpo de medio mozo haciendo por alzarse para parecer más grande y más galán. "¿Qué clase de regalo le das a los conejos, Miguelcito? Mira de tenerlos contentos, porque si no lo haces, habré de tomártelos de nuevo", me decía...

Luego era María la Paloma la que se me acercaba con

aquel menear de caderas y aquella risa abierta que llenaba la calle, y yo seguía oyendo las palabras de mi abuelo: "¿Te acuerdas de María la Paloma, Miguel?; su casa olía siempre a maceta florecida, y ella se reía por cualquier cosa"... Luego eran otros recuerdos, el de aquel Blas, el de la casa grande, a quien cayó el rapaz al pozo y lo sacaron con vida... y el de Elvira, que hacía las tortas como nadie... Pero ninguno tomó tanta presencia en mi vida como aquél del José María, el zagal de la espalda partida: "¿Te acuerdas de Martín el Loco, Miguel, el que creía ser dueño de un caballo? Pues Martín tenía un hijo que ya nació roto, Miguel, porque las piernas no podían sostenerlo y su cuerpo era espalda únicamente, ya ves tú qué dolor... José María se llamaba, y quería un caballo más que ninguna otra cosa en el mundo, y su padre no podía comprárselo; pero aunque hubiera podido, Miguel, ¿qué iba a hacer aquel jorobadito con un caballo, sino salirle por las orejas? Pues el zagal se dio en pensar y en imaginarse un caballo blanco con la cola hasta los corvejones, y tanto pensó en ello que al cabo llegó a creer que lo tenía... y su padre, para darle contento, le compró unas riendas labradas y avió un pesebre con paja, y siempre tenía en la cuadra un pozal de agua fresca, por si el caballo volvía del campo sediento, ya ves tú, Miguel..."

Durante muchas tardes, recordando los dichos de mi abuelo, estuve yo pensando en el José María. Fue una historia muy larga aquella; pero no fui yo quien hizo por traérsela a la mente como me traje otras historias; sino que se vino ella sola, a causa de la perra vieja, porque yo entré buscándola en casa de Martín el Loco, y hallándola, hallé también el recuerdo del José María. Por eso, para hablar del José María he de hablar también de aquella perra.

Cuando dije que tras la muerte de mi abuelo, no quedábamos vivos en Carcueña sino mis animales y yo, no dije verdad, porque además de olvidarme de pájaros, ratones y algunos otros bichos pequeños, me olvidé también de la perra vieja; pero la perra vieja no era sino una sombra echada a la puerta de su casa, que era la casa de Martín el Loco. Desde que murió el señor Martín la perra no abandonó el umbral sino para procurarse un algo de comida y otro tanto de agua; con topillos y ratas se iba alimentando, que no quería otra cosa, aunque fueran a dejársela a dos pasos. A nadie se arrimaba, que parecía que muriendo su dueño, nadie pudiera ya darle sombra ni amparo. Por eso yo la tenía olvidada y no fui a tomar memoria de ella hasta que la Lirio me vino con aquello de los cachorros:

Mi perra parió en julio, y yo no tuve entrañas para quitarle a sus hijos, tal como hacíamos en vida de mi abuelo. —Total, si las cabras me dan leche de más y yo no puedo darle venta, y si ando echando aquella que sobra a los erizos... cinco perros no han de darme mayores quebraderos de cabeza —me dije dejándolos vivir.

Durante siete días no subió la Lirio conmigo a los apriscos; pero cumpliéndose el octavo, acudió a los pastos con las cabras, aunque a ratos la perdía de vista "por cuidar los perrillos, seguramente", pensaba yo.

Una tarde, volviéndonos al pueblo, me tomó la delantera y se echó monte abajo como si algo la inquietara. La hallé junto a sus hijos, agitada aún por la carrera, dándoles de mamar entre lamidas. ¡Con qué alborozo movían los cinco los rabillos peludos mientras mamaban! ¿Los cinco? Los conté sorprendiéndome: "Uno, dos, tres, cuatro..." ¡Faltaba uno, el dormilón, el negrito de las patas blancas! —¡Eh, tú, perrillo!, ¿dónde te has metido? —Busqué por todas partes y no lo hallé—. Una rata, seguramente, las hay como conejos —me dije y no le di más vueltas.

A la tarde siguiente, sin embargo, volvió a desasogar la Lirio. Llegando al pueblo entre dos luces, vimos una sombra que se alejaba partiendo de mi casa: era la perra vieja de Martín el Loco llevando algo pendiente de la boca. "Andará de caza", me dije; pero el asombro me cortó el pensamiento porque la Lirio se arrojó sobre ella ladrándo-

la, gruñéndola, haciéndola frente a dentelladas... y mi perra era menuda y mansa y la perra aquella, grande y brava. Pero aumentóme el asombro cuando la perra vieja, sin plantar cara, abrió la carrera hacia su casa. Seguí yo hacia la mía sin la Lirio diciéndome que si una no quería no habría pelea. Entrando en el zaguán me adelantó mi perra, de tal forma enloquecida que a punto estuvo de dar con mis huesos en el suelo.

Nos faltaba otro cachorro, y, advirtiéndolo, entendí de golpe la inquietud de la Lirio y qué era lo que la perra vieja llevaba pendiendo de la boca. Enfurecido me adelanté a la cuadra, tomé un bieldo y una tralla y corrí hacia casa de Martín el Loco. —¡Perra vieja, asesina, envidiosa, mala sangre; que no puedes tener hijos y le robas a mi perra los suyos. Ya verás quién es Miguel, el nieto del tío Avencio! —gritaba.

No hallé a la perra en parte alguna de la casa aquella, que olía a moho y a madera podrida de tal modo que tuve que abrir los ventanos a golpes de bieldo para poder seguir respirando. Revolví las alcobas y la cocina y revolviendo estaba paja vieja en la cuadra cuando oí el llanto débil de los perros. —¡Bicho malo, no los has matado todavía ni vas a darte el gusto de matarlos tampoco! —le grité, llamándola con el bieldo dispuesto; pero no acudió a mi voz y fui yo quien tuvo que llegarse hasta ella. La encontré tras un montón de leña que apoyaba en el muro, y hallándola, me tomó el asombro tan por entero que cayó el bieldo de mi mano y a punto estuvo de caerme la mano también: allí estaba echada, mostrándome los dientes, y junto a ella, pegados a su cuerpo, chupando ansiedad de las mamas vacías y viejas, gemían los perrillos.

¡Se me puso un nudo en la garganta y me di en temblar mirándola...! "Perra vieja", le dije arrodillándome en el suelo de la cuadra para estar a su altura. "Perra vieja, tú no querías matarlos, era por no estar sola únicamente..., pero mira, ¿no ves que no puedes criarlos?, si te falta la leche, perra vieja".

Adelanté la mano para tomárselos y la perra me vino con gruñidos. Podía habérselos quitado a fuerza de tralla y de bieldo; pero me daba lástima verla allí echada, lamiendo a los perrillos, arrimándose a ellos como si dándoles calor, pudiera compensarles de aquellas mamas suyas tan duras y tan secas.

Estuve un rato mirándola y ella mirándome. Oscurecía y tenía que determinar pronto qué era lo que debía hacer con los cachorros, porque de ningún modo podrían pasar la noche sin tomar alimento. Dando vueltas en la cabeza al modo de cogerlos sin lastimar a la perra vieja y sin que ella me lastimara, marché a mi casa y regresé de ella con un cuenco de leche. Cavilando estaba cuando la suerte me salió al paso en la forma de una rata que saltó del pajar al suelo de la cuadra. Viéndola, se alzó la perra como una flecha, que por algo era cazadora y la rata su enemigo y su alimento. Aprovechando su ausencia, cogí al cachorrillo negro y lo acerqué a la leche; pero no sabía beber y no hizo sino sacar el hocico manchado de blanco; sin embargo, metiendo el morro del perrillo en el cuenco, metí también el faldón de mi camisa, y al verlo gotear, se me vino la idea de cómo había de alimentar a aquella cosita hambrienta que tenía entre las manos; del faldón chupaba el cachorro cuando la perra vieja me llegó con la rata en la boca. Preparado estaba yo para recibirla, con el bieldo a la vera, pero me pareció que venía mansamente. "¡Buena caza!", le dije con voz de amigo, y ella, mirándome como si lo fuera, me puso la rata a los pies y fue a echarse junto al otro perro, sin estorbar en nada mi\tarea.

Mirándola, pensaba yo que la aspereza no le venía de nacimiento, sino de estar siempre sola, y que aquello de brava y mal intencionada no era otra cosa sino un sambenito que le había puesto Dios sabría quién; se apartó de la gente porque la gente le fue con desconfianza; pero ahora que alguien se le acercaba, otra vez se volvía ella a la gente.

Durante muchos días estuve entrando y saliendo en la

cuadra de Martín el Loco. Los cachorros crecieron mientras tanto, y yo anudé en mi mente una amistad, que fue muy honda, con aquel José María que tenía un caballo blanco con la cola hasta los corvejones y las crines de plata, a fuerza de brillantes. Pero todo ocurrió porque la perra vieja ocultó a los cachorros y yo fui a buscarlos; por ello había de contarse su historia en primer lugar. Contada está, y ahora he de hablar con largueza del hijo de Martín el Loco, José María, el amigo que yo forjé en mi mente.

6. José María

En un primer momento la cuadra de Martín el Loco me pareció como todas las de Carcueña: medio derrumbada, oliendo a tiempo viejo y paja enmohecida, techada de telarañas... Sin embargo, pasando los días, comencé a reparar en aquello en lo que era diferente a otras cuadras: pendiendo de un clavo, había unas riendas labradas; eran largas y finas, como suelen serlo las que pertenecieron a un caballo hermoso. Sujeto de otro clavo, hallé también un cepillo, ancho y fuerte, aunque suave al roce; y no me parecía a mí que fuera de aquellos con los que un hombre hubiera cepillado a su burro o a su mulo. Aquel cepillo era otra cosa, para un caballo de buena casta me parecía a mí... Y, ¿cuándo hubo un caballo en Carcueña? Y, ¿de dónde habría sacado el señor Martín para comprarlo?... Pensando en estas cosas me volvieron a la mente las palabras de mi abuelo: «¿Te acuerdas de Martín el Loco, Miguel, el que creía ser dueño de un caballo? Pues tenía un hijo, José María se llamaba, que ya nació roto... El zagal aquel quería tener un caballo más que ninguna otra cosa en el mundo... Y, ¿sabes, Miguel, por qué a Martín dieron en llamarle loco?... Ya sabes tú, porque yo te lo he dicho,

43

que al José María, a fuerza de soñar con él, se le hizo el
caballo tan vivo y tan presente que, cerrando los ojos, lo
veía trotar, y si ponía el oído atento lo oía relinchar, y
hasta llegó a pensar que lo montaba; y así, estando sentado a la sombra de la parra, sin moverse, llegó a tener
abiertos todos los caminos. Su padre, por darle contento,
decía que también él veía el caballo y hasta le hizo un
lugar en la cuadra del mulo y le avió un pesebre, y siempre le tenía dispuesto un pozal de agua limpia... Luego, el
zagal, que era un soplo de vida, se fue apagando poco a
poco y un día se lo encontró su padre caído a la sombra
de la parra. Hablaba con tanto sentimiento que era un
dolor oírlo: "Padre, se me espantó el caballo; sería el vuelo
de una perdiz o el salto de un conejo, o no sé qué sería...
pero yo me caí sin que él me tirara... Y, ¿sabe usted lo que
más siento, padre? Que ahora lo llamo y ya no viene..."
Tres días estuvo el José María llamando a su caballo:
"Que no viene, padre, que no viene" Tres días galopando
en busca de la muerte; hasta que, acabando el día tercero,
el zagal abrió los ojos antes de cerrarlos para siempre:
"Padre", dijo hecho gozo, "ha vuelto. ¿No lo oye usted
rebullir en la cuadra?... Ande, padre, échele paja limpia y
póngale agua fresca en el pozal, que vendrá muy cansado..."

»Y desde aquel día, dieron en llamar loco al Martín,
porque muriendo el hijo, al padre se le metió aquel caballo en la mente, y nunca se le olvidaba aviar un pesebre
con paja ni llenar el pozal de agua fresca, y por las tardes
se salía a la puerta y consumía las horas cepillando las
patas y la grupa de un caballo que sólo él veía. Por esta
causa dimos en llamar loco al Martín, Miguel.»

Todos aquellos hechos me los contó mi abuelo siendo
yo un zagal con pocos años y poco entendimiento, a raíz
de la muerte de Martín el Loco, me parece, y yo los tuve
en el olvido hasta que, entrando una tarde en la cuadra,
hallé el cepillo y las riendas y di en pensar por qué motivo

habrían de estar allí; pensando, recordé, y recordando cobré interés: ¿Cómo sería el José María? Y, ¿cómo sería aquel caballo suyo?

Siempre que entraba en la cuadra del señor Martín no podía dejar de pensar en ambos, y aunque quisiera apartarlos de mi mente o estuviera entretenido con los perros, siempre los tenía delante.

Fue de esta forma como empecé a verlos, primero en mi interior, luego fuera de mí; al caballo, blanco y fuerte, con las crines sedosas y largas y la cola hasta los corvejones, y al José María, menudo y encogido, soportando la carga de su espalda jibosa.

Al principio los veía a cada uno por su lado, pero luego comencé a verlos juntos: el José María cepillándole la grupa y las crines al caballo, el José María aviándole el pesebre, el José María tomándole las riendas, ¡el José María montándolo...! ¡Ay, lo que yo hubiera dado por tener un caballo como aquél! ¡Y de qué forma entendía al zagal que había llevado en la mente su imagen! Y yo no hubiera sido como aquellos zagales de entonces, que le iban con risas en la cara sólo porque no podía defenderse; y si hubiera vivido cuando el José María, habría sido su amigo, y a nadie, sino a mí, le hubiera él contado cosas del caballo. Y a ver si nos venía algún zagal con burlas o con eso de que aquel animal era sólo de humo y que al roce de un soplo de aire podía deshacerse... "¿Y son estos puños de humo también?" Le preguntaría yo. "Pues si quieres probarlos, gustoso te los pongo en las narices..."

Y todas estas cosas solía verlas en mi mente como si fueran verdaderas y estuvieran sucediendo en el mismo momento. Y hasta me parecía oír relinchar al caballo cuando me acercaba a la cuadra del señor Martín, y eso era porque ya iba conociendo mis pasos.

De esta forma, poco a poco, aquellas figuraciones fueron cobrando vida, y el José María acabó pareciéndome un amigo y su caballo algo mío también. Y así una tarde, casi sin darme cuenta, me di en limpiar un pesebre y aviarlo con paja limpia, y luego colmé un pozal con agua fresca, del mismo modo que solía hacer José María en otros tiempos. Las horas de dos tardes se me fueron en librar a la cuadra de telarañas, y más de una semana en apartar lo que había por medio de paja vieja, vigas quebradas y tejas sueltas; otro tanto gasté en sostener con puntales lo que seguía en pie, barrer el suelo y dar a las paredes una mano de cal. Por último, y para que el recinto estuviera seguro, fijé un candado y afiancé un cerrojo en el portón.

Crucé las primeras palabras con el José María una tarde de julio. Estaba yo sentado a la puerta de la cuadra; los cachorros rebullían a mi vera; pero yo ni siquiera los sentía, porque mi mente estaba en otro tiempo: el José María hacía galopar al caballo arriba y abajo, y ¡había en la calle un revuelo de zagales!... Uno le pedía una vuelta, otro gritaba que había de ser el primero él y otro que de ninguna forma porque le tenía dada su palabra desde dos días antes... Todos le venían con ruegos y halagos, ninguno con burlas... pero el José María pasaba por delante de ellos como sin verlos y venía precisamente hacia donde yo estaba. A dos pasos de mí tiró al caballo de las riendas. "Anda y sube si quieres" me dijo.

Y yo subí, esponjándome como un pavo que hace la rueda. Los zagales me miraban deseando cambiarse conmigo, y yo no me hubiera cambiado por nadie en el mundo. Luego nos dejamos el pueblo a la espalda sin mirar hacia atrás, al trote corto primero, a galope tendido después.

—Mi caballo se llama Medialuna. ¿Te gusta el nombre? —me preguntó José María, entrando ya en las eras.

—Me gusta, es un buen nombre para un caballo —le respondí.

—Es por este lucero que tiene en mitad de la frente.

—Si yo tuviera un caballo con un lucero así, también le hubiera puesto de nombre Medialuna.

Desde aquel día, todas las tardes fueron de galopadas.

Las horas nos parecían pocas y los campos se nos quedaban chicos. "¡Galopa, Medialuna!" y el caballo repicaba alegría sobre el polvo del camino.

Y así consumimos con gozo las tardes del verano, y llegaron a pasarnos tantas cosas al José María, al caballo y a mí, que no tendría lugar ni tiempo para contarlas todas; pero vaya por delante, como botón de muestra, un hecho que quizá fuera entre todos el que llegara a acarrearnos una mayor zozobra:

Fue a causa de un bando de perdices que nos salió de frente dejando atrás las eras; dimos en seguirlas y perdimos el rastro entrando en la pinada. Estaba el caballo tan alegre y tan ligero que, sin sentirlo, subimos el pinar y lo bajamos. Luego, también sin darnos cuenta, cruzamos tres arroyos y dejamos atrás la Sierra de la Mora. Y ya todo fue seguir y galopar, hasta que fuimos a encontrarnos en unas tierras llanas, a orilla de aquellas dehesas que llaman de los Toros, y que yo únicamente había visto desde el coche de línea en viaje hacia la capital. Y mira por donde, cuando comenzábamos a apurarnos por lo distante de aquel lugar, nos tomó otro apuro mayor, porque, saliendo de pronto por detrás de una encina, se nos hizo presente un toro cárdeno, con unos cuernos en punta lo mismo que cuchillos de monte. Estaría huido y había saltado la valla de un cercado. En viéndonos, se arrancó de tal forma que, de momento, el José María no supo qué hacer, y a mí me entró una cosilla por dentro... la sangre me corría como loca y el corazón me latía de tal forma que parecía que se me iba a escapar, ¡y es que aquel toro tenía unos cuernos! Medialuna quería volverse y yo quería que se volviera; pero el José María le picó las espuelas y se lo llevó directo a los cercados. Me quedé como si hubiera un fantasma colgando de una encina...

—¿Qué haces, José Mari? —grité— ¿Estás loco?

—Si nos damos la vuelta, el toro habrá de seguirnos hasta la carretera, Miguel; cualquiera puede encontrárselo de pronto... Es mucho más seguro meterlo en el cercado.

—¡Andando, Medialuna, caballito, que a ese toro le vamos a enseñar cómo se corre! —dije yo entonces golpeando la grupa del caballo, por no ser menos valiente que el José María.

Medialuna volaba. El toro se arrancó loco de rabia y hubo un momento en que lo vi encima de nosotros.

—¡Salta, Medialuna, salta! —gritaba el José María. Medialuna iba como una centella, derecho a la cerca de piedras. Tenía que saltarla a la primera; pero calculó mal y equivocó el salto... Los cuernos del toro estaban a dos dedos de la grupa, pero Medialuna le dio un quiebro tan bonito, que el bicho se nos pasó de largo y luego se revolvió furioso; pero ya salíamos y entrábamos nosotros por detrás de las encinas.

—¡Corre, Medialuna, corre que tenemos que meterlo en el cercado...! —Esta vez no fallamos el salto. También saltó el toro, y entonces vino lo más peligroso, porque tuvimos que quedarnos dentro, con el animal a muy poca distancia. Y era porque si hubiéramos saltado otra vez fuera, el toro, furioso como estaba, nos hubiera seguido.

—Tenemos que cansarlo, Miguel, ya sabes que un toro tiene mucha fuerza; pero corriendo un rato se le acaba el resuello —dijo el José María.

—¡Toro, toro, toro! —le grité, lo mismo que un torero en la plaza. El animal se arrancó derecho hacia nosotros. Medialuna esperó como un valiente y, sólo cuando el bicho estaba a menos de dos pasos, volvió grupas y le dio tres recortes tan ligeros y tan alegres que parecía que bailaba. El toro se nos paró de golpe, digo yo que sería para ver las cosas que hacía el caballo. Entonces Medialuna se levantó de manos, y el toro, otra vez enfurecido, arremetió contra nosotros; pero ya no embestía como antes, empezaba a cansarse.

Lo corrimos todavía muchas veces. Al final nos seguía de lejos, embestía y se paraba; estaba distraído y acabó perdiendo el interés... Y entonces, ya sin peligro para nadie, saltamos las piedras de la cerca.

El toro estaba roto y sudoroso, y el caballo, era cosa de verlo, entero y fresco, con sólo una espumilla en la boca, igual que si hubiera galopado un rato por el campo.

7. Otras inquietudes

Aunque solía pasarme las tardes metido en ensoñaciones, no vivía yo de sueños solamente, ni José María y Medialuna eran mi única compañía. Porque como ya he dicho, además de mis perros y mi burra, tenía otro amigo que, aunque se me ocultaba, yo lo sentía presente. Y como también he dicho, entre los dos manteníamos el pueblo alzado, de la misma forma que estuvo en vida de mi abuelo, y entre los dos acudíamos a dar labor a la tierra en lo que era preciso, aunque sin vernos nunca.

Así pasaron los días del verano sin que nada me alterase demasiado, estando menos solo de lo que pensé estarlo y sin que llegara a faltarme ninguna cosa necesaria. El mayor de todos mis pesares era que la Rosa no había vuelto: "Habrá de venir con la primavera y al cabo ha de ser mejor, porque así habrá tiempo de mejorar el pueblo", me decía.

Entraba ya el otoño y su llegada no me daba tampoco grandes cavilaciones. Estaba yo seguro de que podría salir con bien de todo aquello que quisiera traerme. Vendrían los vientos y las lluvias; pero aquel a quien di en llamar Amigo, únicamente Amigo, porque no sabía su nombre, habría de estar cerca. Y con el José María y su caballo, el pueblo rebullendo en mi mente por las tardes y un buen fuego, el mal tiempo no habría de parecerme tan malo.

No pensaba, por tanto, que aquel otoño viniera con grandes sinsabores; sin embargo, fui a equivocarme por completo. Habíame preparado para el frío: tenía leña, alimentos, las techumbres enteras y bien sujetas, los animales sanos, dos amigos..., ¿qué más podía faltarme? Comenzó faltándome lo más pequeño y llegó a faltarme casi todo. Reparé en ello en vísperas de los Santos de noviembre: prendí la lumbre como todos los días y caí en la cuenta de que andaba escaso de cerillas, pues no quedaban en la caja sino unas quince o veinte. Busqué en todos los vasares, en el armario, en el arca de la alcoba, en el doblado... No hallé cerillas en parte alguna; sin embargo, este conocimiento no me dio dolores de cabeza. "Amigo ha de prender la lumbre de algún modo, él me vendrá con cerillas mañana", me dije, dejando en un cesto de huevos unas líneas escritas: "Amigo, necesito cerillas", y junto a ellas, por si Amigo no supiera leer, una caja vacía. Me acosté sin apuros ni dudas; pero abriendo la mañana comenzaron a abrir mis inquietudes: el canasto de huevos seguía allí y con él la caja de cerillas y las líneas escritas. ¿Qué habría podido sucederle a mi amigo? "Cualquier cosa, un retraso, un marchar de momento a otro sitio... ¿Qué sé yo de él?", me dije. "Lo único que sé es que si no viene hoy, habrá de venir mañana. Como de todas formas está el pueblo tranquilo, se habrá dicho que por un día no iba yo a echarlo en falta, y mira por donde lo estoy necesitando más que nunca..., pero él no lo sabe... estará en el monte, de caza. ¡Eso será, que andará buscando alimento y buscándomelo...!" Sin embargo, Amigo tampoco llegó a la noche siguiente, y a mí me tomó una inquietud y me vino un desánimo que ni fuerzas tenía para acudir a los apriscos altos, y no hacía sino mirar hacia el bosque de robles y buscar allí donde solía perder el rastro de sus pasos. En preguntas estuve durante todo el día:

"¿Estará herido... ¿Lo habrán tomado unas fiebres malignas? ¿Se habrá ido de repente de igual modo que vino? ¿Y si está muerto en cualquier parte?"

La noche la pasé sin pegar ojo, penando porque llegara el día y temiendo al mismo tiempo que llegara. Y razones tenía para temer, ya que la luz no me trajo otra cosa que tristeza porque mi amigo no vino. Me entré en el robledal, con los dos perros grandes, que los cachorros no hacían otra cosa que ir alborotando y la perra vieja no me seguía si no era en la cuadra de Martín el Loco. —Vamos, Canelo, andando, Lirio, buscádmelo —y los perros como lelos, que se salen de entre los robles y se meten en los apriscos, y yo gritándoles insultos—: ¡Canelo... Lirio...! —y ellos que nada se le daba aquello de mi apuro y no cejaban yendo donde las cabras...— ¡Canelo, Lirio, maldita sea...! —Y al cabo no tuve otro remedio que olvidarme de ellos y buscar solo; pero a nadie hallé entre los árboles ni más allá de ellos y nadie respondió a mis gritos tampoco monte adentro. El día entero lo pasé mirando en cuevas y en quebradas; volviendo al lugar donde se interrumpían los pasos, dando vueltas a la redonda para llegar al mismo sitio del que había partido. "¿Pero, cómo podrán perderse unas huellas a orillas del robledal tan por completo?", me preguntaba. "¿Cómo?... Si yo llego hasta aquí, mi rastro llega hasta aquí, y si sigo adelante, mi rastro viene conmigo... así, si me entro en el bosque de robles mis huellas han de estar entre los árboles, como ahora mismo las estoy viendo marcadas en la tierra húmeda... Pues, y entonces, ¿dónde están las huellas de Amigo? Aquí paróse él y aquí acaban sus huellas; pero no hay cueva alguna donde ocultarse..., ni los pasos van de vuelta tampoco, porque entonces quedarían los unos sobre los otros, pero marcados en dirección contraria... ¿Pues qué sucede entonces? ¿Es que se abre la tierra a sus pies, o es que yo estoy viendo visiones?..."

Todas estas cosas me las había preguntado otras veces; pero ahora me atormentaban con mayor fuerza, por aquel

53

pensamiento de que Amigo pudiera estar necesitándome y porque yo ciertamente lo necesitaba a él. Pero como otras veces, fueron preguntas sin respuesta, y hube de acudir a las cabras sintiendo que volvía a estar solo y diciéndome que nadie acudiría en mi ayuda si no era yo mismo.

Cargado de amarguras me subí a los apriscos y aparté a los perros de mi lado con malos modos y peor humor, porque ahora me venían con saltos y quejidos; y a mí nada se me daba de sus cuitas, que antes a ellos nada se les había dado de las mías. —Marchad con la música a otra parte, y si queréis algo de leche o una porción de queso, no habré de ser yo quien vaya a dárosla —les dije, para mostrarles el enojo que sentía hacia ellos.

Aquella misma noche determiné bajar al día siguiente de Carcueña y buscar algún lugar donde comprar cerillas; no tenía otro remedio, pues sin ellas no podía prender lumbre, y sin lumbre no me sería posible pasar los fríos del invierno. Dineros los tenía de sobra, pues estaban casi enteros los que dejó mi abuelo; no era a causa de ellos por lo que yo me apuraba; sino por el temor de salir de mi pueblo. Para alejarme de Guadarmil y Torjal habría de tomar la carretera de los forestales y ver de hallar lo que necesitaba lo más lejos posible. Pensando, determiné llegarme con la burra hasta La Peñarrasa, que era un pueblo distante, en el que yo había estado una sola vez con mi abuelo, y no creía posible que fuera nadie a reconocerme.

Mediando la mañana aparejé a Catalina. Antes había dejado a las cabras ordeñadas y a las gallinas aviadas de grano. Me di una última vuelta por el pueblo por ver si hallaba una señal de junco; pero no encontré sino brezo tristeando soledades. Tristeando también, salí yo de Carcueña bajo un cielo plomizo que aumentó mi inquietud, porque me hacía temer que las nieves primeras tomaran las sierras antes de mi vuelta.

Entristecido estuve durante el camino, entristecido y sin reparar en nada cuanto me rodeaba, ni árboles, ni montes, ni pájaros, ni conejos... —¡Arre, arre, Catalina!

—únicamente... Pero divisando La Peñarrasa fue como si saliera el sol de pronto. La Peñarrasa era entonces un pueblo muy cumplido de gente, con las casas enteras y aviadas, una escuela, una iglesia con culto y una fuente de piedra que era una flor abierta manando alegría en la plaza.

Azuleaba el humo de las chimeneas en todos los tejados cuando yo entré en el pueblo, jugaban los zagales a las puertas aguardando el almuerzo y había dos mujeres llamándose a voces por sobre las tapias de las corraladas. Me pareció un bullicio tan gozoso que se me hizo un nudo en la garganta. "¡Y tú tan solo, Miguel! Y al cabo, ¿para qué? ¿Por mantener cuatro casas alzadas? ¿Por esperar a alguien que no viene? ¿Por pasarte las tardes de charlas con fantasmas?... Y, ¿si no te volvieras? Y, ¿si buscaras aquí o en otro lugar un trabajo apañado? Los hay, Miguel, en cualquier parte hará falta un pastor o alguien que labre la tierra con provecho, no ves tú que los mozos marchan para las capitales, Miguel..." Pero se me vinieron a la memoria, como golpes de campana, las palabras de mi abuelo; vi a Carcueña muriendo y enterré aquellos pensamientos en lo más hondo de mí. "¡Apúrate, Miguel, que has de volver al pueblo lo más pronto posible, no ves que los cielos están de nieve!" me dije, amarrando la burra a la vera de la fuente.

Caminando de prisa, con el corazón saltándome en el pecho, tomé por una calle que no tenía salida y cuyo fondo era una tienda de cosas muy distintas: semillas, herramientas, latas de conservas, escobas, pucheros, camisas, velas de cera...

Una vez entré yo en aquella tienda; pero hacía más de un año y no creía que fuera nadie a reconocerme ahora, de todas formas no estaba libre de recelos. Recelando pedí las cerillas y recelando todavía salí con ellas, que me había parecido que alguien me miraba torvamente. Diciéndome estaba que habrían de ser figuraciones mías, cuando el cielo gris, las casas nuevas y la torre de la iglesia parecieron caerse sobre mí: calle abajo, directo a la tienda de la que yo salía, venía aproximándose el tío Sebastián. El tío Sebastián me conocía desde que yo era un rapaz; lo había visto tantas veces que ni contarlas podía, en Guadarmil, en Torjal, en Navalbuena... Hacía oficio de cartero y lo mismo estaba allí que estaba aquí; era cosa frecuente cruzarse en cualquier camino con la moto del tío Sebastián. Tendría que habérseme ocurrido... ¡ahora me daría de bofetadas!; pero allí estaba, y habría de tropezármelo a la fuerza si antes no se me ocurría alguna cosa. Pudiera entrarme en una casa con una excusa cualquiera; pero, ¿cómo sabía yo que iban a recibirme de buen talante? ¿Y si saliendo, hallaba al tío Sebastián en pláticas con alguien?... ¿Me volvía de nuevo a la tienda?, pero, ¿y si él iba precisamente allí?... ¿Cogía a la burra y me ponía en camino con la gorra calada hasta los ojos? No podía arriesgarme porque el cartero solía ser hablador y curioso... Al lado de la fuente había unos pocos mozos jugando a tabas, diríales que me dieran parte en el juego, y así me estaría como uno más de ellos; pero, ¿y si dijéranme que no? ¿Y si mirándolos se incomodaban? El tío Sebastián se aproximaba ya; habría de confundirme con los mozos enseguida, pero, ¿de qué manera? Sólo hallé una, y a ponerla en práctica me apliqué sin más tardanza: —¡Eres un tramposo y un gallina! —susurré al oído de un muchacho redondo y colorado, que se volvió sorprendido, como picado de abejas. —¿Es a mí? —Sí, a ti es y a éste y a aquél también, que todos sois iguales en este pueblo. —Me cayeron encima como perros sobre corzo, tal como yo quería, y recibí tantos golpes y en tantas partes que luego ni contarlos podía; pero el cartero pasó de largo y se entró en la tienda sin mirarnos siquiera, que en los pueblos no es cosa de que vayan los hombres reparando en peleas de muchachos. "Los golpes han de endurecerlos", dicen "y el que no los quiera que no los dé".

Cuando perdí de vista al tío Sebastián, me entraron las prisas por salir de allí, tomar la burra y poner pies en polvorosa, y a punto estuve de conseguirlo, porque en un primer momento escapé como pude y los dejé dándose golpes, que con aquella zalagarda de dame y toma nadie sabía ya a quién daba ni de quién recibía. Pero en el alboroto que siguió luego, se me adelantó la burra y tiró al monte. Corrí tras ella; pero hube de pararme tres veces seguidas, porque los mozos me dieron alcance otras tres. Cuando al fin pude escapar de ellos, no hallé a mi Catalina.

La busqué por donde fue posible, todo el tiempo que pude; pero no di con ella, porque estos montes nuestros son espesos y fragosos, abundantes en cuevas y quebradas, malos para subirlos y bajarlos, que de trecho en trecho abren las pizarras, y a poco que estén húmedas da uno con sus huesos en el suelo. Y así, molido de golpes, más rotos los vestidos de lo que ya estaban y con el alma tomada de tristezas, me volví a casa con el morral colmado de cerillas, pero sin mi burra Catalina.

8. Mi burra catalina

Camino de Carcueña no hacía yo sino llamar a mi burra y pensar en ella: "¡Catalina, Catalinilla!", y era porque la Catalina fue para mí mucho más que una burra; total si por burra hubiera sido solamente, no hubiérame dado tanto duelo, que tenía el cuerpo menguado y menguadas las fuerzas; además, ya era vieja, y por otra parte nunca sirvió para la carga ni tenía yo nada que cargarle. Pero mi Catalina era hija de la Teresita, aquella burra blanca, retozona y alegre que había sido un capricho de mi madre. Mi abuelo me contaba que madre tenía entonces diez años solamente, y que viendo a la burra, se enamoró de ella, y él se la compró porque sí, sin otro motivo que el de que la quisiera. Y que luego mis dos tíos estuvieron tres días con las caras hasta el suelo, y eso que ya eran mozos grandes y ella tan sólo una rapaza. "Pero nunca me arrepentí de aquella compra", me decía mi abuelo, "porque viendo los ojos de tu madre brillando gozo, y mirándola correr monte abajo con la burra detrás, riéndose las dos, porque la Teresita empinaba las orejas y abría la boca en un rebuzno largo cuando oía las risas de tu madre, yo gozaba también, y gocé luego muchas veces recordándolo, y me alegré muchas veces también pensando que al menos de chiquita hubiera ella tenido una tal alegría, porque luego la vida le vino con muchos sinsabores".

Y diciendo mi abuelo esto de los sinsabores, lo tomaba la tristeza y ya no podía sacarle palabra alguna del cuerpo. Pero yo sabía que pensaba en mi padre, y pensando en él, le venían a la memoria cosas pasadas y comenzaba a culparse de ellas. Y era que en otro tiempo, cuando marcharon mis tíos a la capital y mi madre y mi abuelo tuvieron que vender la mitad de las cabras por no poder acudir a todas, mi padre apareció de repente en el pueblo, y vino como agua de mayo, aunque no sabían cosa alguna de él, sino que era un buen mozo y decía buenas palabras. A madre se le entró por los ojos, como era natural, según decía mi abuelo; pero éste, debiendo recelar no receló, y por contar con dos brazos más, hasta le fue haciendo carantoñas. Así, sin dar lugar a que el tiempo pusiera las cosas en su sitio, fueron de bodas, y pronto hubieron de arrepentirse de aquellas prisas. Porque enseguida se vio que padre no era hombre para irse dejando la piel entre dos soles; y así al cabo de unos meses, sin avisos ni ruidos, lió el petate y metió en él aquel cariño que, según dijo, habría de durar toda la vida y además los dineros que había cobrado mi abuelo por la venta del trigo. De este modo marchó tal como vino y con lo que no era suyo, y hasta el día de hoy, que no sé si es hombre vivo o si hace ya tiempo que está muerto.

Luego nací yo, y naciendo, a mi madre le tomé la vida; y desde entonces hubo de ser mi abuelo mi padre y mi madre al mismo tiempo; por eso, cuando él murió, quedé huérfano dos veces...

Y todas estas cosas las pensaba yo subiéndome a Carcueña, porque la pena de perder a la burra me las ponía delante.

Llegando a casa ni fuerzas tuve para prender la lumbre, y hasta los brincos de los perros me producían triste-

za, porque viéndolos a ellos, pensaba en mi pobre Catalina sola y perdida Dios sabría por dónde.

Y así me estuve durante muchos días, tomado del desánimo; buscando a mi burra y a mi amigo, sin que ninguno de los dos diera alguna señal de vida. El José María y su caballo hubiera podido traerme un algo de consuelo, pero tampoco ellos acudían a mi mente. Y era que yo necesitaba estar calmado para verlos y oírlos dentro de mí. Eso me había pasado ya otras veces: si tenía en la cabeza algún problema o andaba inquieto o triste, los espíritus del pueblo permanecían ocultos en mis ensoñaciones y Carcueña no era sino un lugar vacío y abandonado al extremo del mundo.

Me cuidé de las cabras y acudía a las gallinas porque no tenía otro remedio, en cuanto a los perros, se cuidaron ellos solos, que no estaba de humor para ir recibiendo tantas fiestas como ellos me hacían. Y esto llegué luego a reprochármelo, porque los pobres no querían sino demostrarme su aprecio; pero en aquellos días dos perros grandes, cinco cachorros y una perra vieja llegaron a parecerme demasiados.

Mediado diciembre las campanas de Guadarmil comenzaron a repicar alegría todas las tardes, y eso era porque la Natividad del Señor ya estaba cerca. Yo me decía que esas fechas no iban a traerme sino mayores tristezas. Pensando en ello estaba una atardecida oscura y fría en la que el viento de poniente arrastró sobre el pueblo de nuevo aquella furia negra que solía ocultar tras las montañas. Era un viento como yo no recordaba en los catorce años de mi vida, mucho más áspero y fuerte que aquel otro que derribó a mi abuelo, mucho más que el que quebró la cerca de mi huerto. Comenzaron a golpear las puertas, a gemir los ventanos, a crujir las vigas en el techo... Rezando a santa Bárbara para que la casa no se me fuera por los aires, arrimé el arca de la alcoba a la puerta delantera para así asegurarla; buscando estaba con qué atrancar la trasera cuando empecé a oír, batiendo sobre ellas, aquellos golpes que vinieron a helarme la sangre en las venas. Eran golpes enormes, seguidos, dados sin orden ni concierto. Pensé que quien los daba, no esperaba respuesta, quería únicamente derribarme la puerta y para ello había tomado un leño o una piedra. ¿Quién sería aquel que así llamaba? ¿Quién habría en Carcueña con aquel vendaval y a aquellas horas...? ¿Mi amigo...?, de ninguna manera, pues un amigo no habría de llamar como llamaban. ¿Un cazador o un montañero que estuvieran perdidos? ¿Alguien de Guadarmil o de Torjal? ¿Mis tíos...? Pero si fueran ellos, ¿por qué aquellos golpes dados con tanta furia...? No sabía qué hacer; los golpes arreciaban, pero yo no oía ninguna voz humana, y eso me llenaba de extrañeza... ¿Y si fuera Amigo que estuviera herido o llegara huyendo de algún peligro...? No llamaría así de ningún modo... Me dije que la puerta acabaría por venirse abajo si no la abría pronto, por tanto cogí la escopeta de perdigones y llamé a los perros; pero los perros siguieron como tontos debajo de la mesa, quejándose del viento como si el miedo no estuviera llamando a nuestra puerta.

—¡Maldita sea, Canelo...! ¡Maldita sea, Lirio...! —Enseguida entendí por qué no hallaban motivo para guardar la casa.

Abrí la puerta de golpe, me eché la escopeta a la cara, y la Catalina se me entró como Pedro por su casa, sin darme excusas ni hacer fiestas, como si en aquella noche medrosa hubiera salido un rato a estirar las patas. Se encaminó ligerita hacia la cuadra, que venía húmeda y cansada como bien podía verse; pero yo, que estaba loco de alegría, la tomé del cuello y me la llevé conmigo a la cocina; "¡Catalina, Catalinilla mía!" que había de secarla y hablar con ella un rato por decirle cuánto la eché en falta durante aquel tiempo tan largo en el que había dado en rodar por los montes.

Pero no fue la alegría de su vuelta la única que tuve aquella noche, porque ya en la cocina, al abrigo de la lumbre, con el candil en alto para ver si tenía heridas o golpes, no encontré en ella ni lo uno ni lo otro, que volvía tal como se fue, o por lo menos eso creí entonces; pero sí hallé, anudado alrededor del cuello, un trenzado de juncos. Y por ellos tuve yo la certeza de que no había sido mi burra la que encontró el camino de casa, sino aquel amigo desconocido quien la trajo de vuelta. Y así, teniéndola cerca, supe que él también lo estaba; y olvidóseme de golpe el fragor de la noche, y la inquietud se me mudó en júbilo, y me dije que ya podría soplar el viento tanto cuanto quisiera, y me dije también que aquella Navidad habría de ser gozosa y que todo el día siguiente habría de tener encendido el horno de hacer pan, para cocer al menos diez hornadas de tortas de aceite. Y pensando en todo ello avivé la lumbre con un haz oloroso de romero para que mi cocina estuviera alegre y caldeada. Y mirando el alzar de las llamas, todas las cosas me parecían diferentes, y comencé a ver en mi mente el pueblo bullendo con el gozo de la Nochebuena.

El alba me halló junto a la lumbre; yo no sé si dormí, pero ensoñaciones sí que las tuve. Soñé que el José María se llegaba a mi casa y juntos nos subíamos al monte de noche; luego, de vuelta al pueblo, el caballo, cargado, era blanco y verde. Y en la mañana de la Natividad de Nuestro Señor verdeaban los árboles del pueblo con juncos y con brezos.

9. El mayor sobresalto de mi vida

Pasé el invierno sosegando: otra vez Amigo, otra vez el José María, de nuevo Medialuna, brillante y limpio, galopando en mi mente, otra vez el pueblo viviendo por las tardes... La primavera no me trajo a la Rosa; pero el verano seguía a la primavera y también era aquella una buena época para volver al pueblo; no lo era sin embargo el otoño, y el otoño llegó y se fue sin que nadie viniera ni en nada mudara mi vida.

Nada sucedió durante aquellos meses que yo pueda recordar especialmente; sin embargo, el invierno que siguió habré de recordarlo mientras viva.

Sucedió que mi burra Catalina volvió preñada de las sierras; pero no llegué a saberlo hasta que su vientre ensanchó y crecieron sus mamas. Mi burra ya era vieja y nunca había querido tomar macho, por eso, observándola, se me mezclaban el asombro y el gozo: —Te fuiste a buscar novio sola, Catalinilla loca —le decía palpándole en el vientre por ver con qué prisas crecía; y era que me consumía la impaciencia pensando en el burrillo retozando junto a ella. Y luego, cuando la burra fue a parir, yo no sabía qué hacer, y no era porque fuera a asustarme de un hecho tan sencillo y tan hermoso como era una criatura haciendo por nacer y una madre afanándose para darle la vida; lo había visto muchas veces en las cabras y en mi perra; pero aquel parto no venía derecho, y yo estaba solo para enderezarlo.

Durante todo el día la burra estuvo inquieta; revolvía sin causa, pateaba el suelo, se acercaba al pesebre y se retiraba enseguida... Por la tarde, a la vuelta de los apriscos altos, ya desde la cocina se la oía rebullir en la cuadra.

—¿Qué te pasa, Catalina? —le pregunté acariciándole la frente.

Y ella, como si estuviera buscando mi amparo y mi ayuda, se me arrimó medrosa.

Por la noche me asustaron sus ojos sin brillo y aquel encogerse de pronto. El animal tenía el cuerpo tirante y empujaba; pero nada salía del hueco hondo y ancho que se abría entre sus patas traseras. Yo ya debía estar viendo asomar las manos del burrillo. Por darle ánimos comencé a decirle palabras calmadas en la oreja: —Vamos, Catalinilla mía, que no es nada, empuja un poco más... Anda, borriquita valiente, otro esfuerzo y verás cómo se te va este dolor tan malo... Ahora, Catalina, ahora... —Pero no eran ánimos únicamente lo que necesitaba mi burra; me dije que si yo no le prestaba ayuda, no iba a prestársela nadie. Me quité la camisa y aunque fuera caía la nieve, no tenía frío sintiendo el calor de la Catalina pegándose a mi cuerpo. Temblaba con mi brazo dentro de su vientre, buscando a tientas las patas del burrillo. Encontré sólo una, y buscando de nuevo, advertí que la otra se torcía hacia atrás. —Era eso únicamente, Catalina, ¡una pata doblada! Verás ahora cómo sale tu hijo sin tropiezo —exclamé con alivio.

Un suave tirón mío, otro esfuerzo de la burra y me hallé con el burrillo entre los brazos. —¡Ay, Catalina de mi alma, si este hijo tuyo se parece a un perrillo mojado...!

Era hembra, y le puse de nombre Teresita, como su

abuela. ¡Qué barullo de patas y orejas era la pobrecilla! La madre rebuznaba impaciencias. —Espera, Catalina, si te la estoy poniendo guapa.

¡De qué forma comenzó a alterar mi vida aquella burrilla loca!: metíase por todas partes, todo lo revolvía y todo lo husmeaba... La Catalina andaba inquieta y asombrada como si no le entrara en la cabeza que aquella cosa pequeña y peluda, siempre en movimiento, fuera parte de ella misma. La cuadra se convirtió en un alboroto continuo de rebuznos, carreras y tropiezos. La madre, sujeta al pesebre, no sosegaba sintiendo a la hija sin verla; y yo no me atrevía a tener atada a aquella Teresita que parecía estar hecha con rabos de lagartijas, porque tiraba del ronzal de tal modo que temía que fuera a lastimarse. Al cabo determiné llevármelas a ambas allí donde fuera. Puse trabas a las dos en las patas delanteras, porque estaba receloso de lo que pudieran hacer estando sueltas, la hija yendo en busca de alborotos, la madre siguiéndole los pasos.

Desde que nació la Teresita, las gallinas no tenían reposo, y hasta dejaron de poner porque no hallaban ni el lugar ni el momento, así estaban las pobres revoloteando durante todo el día. Los perros, que no hacían sino ladrar sobresaltados, multiplicaron los brincos y las carreras, que en saltando la borriquilla, ellos saltaban también, y cuando la burrilla daba en correr, la seguían, ladrando al viento sin motivo. Únicamente la perra vieja y los hijos que tenía por suyos no le hacían ningún caso y siguieron echados a la puerta de Martín el Loco, acechando ratas y vigilando el paso del tiempo.

De todos los temores que yo tenía por causa de la Teresita, era el más grande pensar que, en un descuido mío, fuera a escaparse al monte y llegara a perderse o a despeñarse, que estas sierras nuestras están llenas de barrancos y quebradas. Lo que yo temía sucedió y aquella burrilla loca fue a darme el peor sobresalto que he tenido en mi vida; pero si grande fue el susto, mayor fue la sorpresa que le siguió:

Una tarde, en los apriscos altos estaba yo atendiendo a mis cabras cuando un alboroto de ladridos lejanos me hizo caer en la cuenta de que el lugar estaba quieto y solo. Alcé la vista sorprendido, y monte arriba divisé a las dos burras y a los perros tras ellas.

Habían tomado una trocha empinada que al cabo de una pocas revueltas derrumbaba en la quebrada de Las Buitreras, la más áspera y honda de todas las de las sierras. Corrí monte adentro, silbando a los perros y llamando a las burras; pero ni unos ni otras atendieron a mis voces, que iban todos bebiendo libertad y aires de monte.

Pensaba yo que, subiendo un poco más, las burras hallarían algún tropiezo en el camino, porque las dos iban trabadas y, sierra arriba, la nieve comenzaba a helar en las umbrías. Pero no fueron ellas las que tuvieron que detenerse a causa del hielo, sino yo, que fui a dar con mis huesos sobre él tres veces seguidas.

Se detuvieron al pie de la quebrada, jugando la burrilla al borde del peligro, resoplando inquietudes su madre, ladrando al abismo los cinco perros. Yo tenía el aliento cortado viendo la quebrada abrirse a mi vera y no me atrevía a acercarme a la Teresita porque no diera un paso en falso; por eso llamé a los perros, por si viniendo ellos a mi encuentro, viniera ella también. Los perros volvieron hacia mí; pero la burra se acercó aún más al barranco para oler no sé qué flor de invierno. La Catalina la llamó sobresaltada y ella le respondió con rebuznos de risas.

El sol aún estaba alto; pero hacía frío allí arriba porque la sombra larga de la pinada caía sobre nosotros verde y húmeda. Llamé a la burra de nuevo; pero ella triscaba entre las peñas, riéndose en mi cara... La llamé otra vez, tragándome las ganas que tenía de irle a gritos con insultos. Y entonces se metió debajo de su madre y comenzó a mamar, como si el frío y el peligro no le dieran otra cosa que hambre. Pensé que, estando distraída, podría acercarme por detrás, y comencé a arrastrarme sobre la nieve para no hacer ruido. Los perros, viéndome en el suelo, creyeron que jugaba y vinieron a tirárseme encima; los aparté como pude y seguí avanzando. La Teresita mamaba ajena a mí. Me hallaba a medio metro y alargué la mano para cogerla por las patas traseras; todavía mis dedos no la habían rozado cuando la burra saltó hacia delante. Vi una vuelta en el aire y el terror de unas patas cayendo: "¡Teresita!". La Catalina comenzó a rebuznar lamentos y los perros se deshicieron a ladridos. Durante unos momentos no me atrevía a mirar a la quebrada. Cuando me alcé, los perros callaron y en el silencio de hielo oí el rebuzno asustado de mi burrilla. Corrí hacia el barranco y la vi enredada entre jaras, en un saliente del roquedo. El animal no había caído muy hondo, y desde aquella altura, si buscaba el apoyo del matorral, podría yo sacarla. Discurrí que bajando a su lado, quitándome el cinto y atándoselo al cuello, pudiera sujetarla a una jara, subir luego unos pasos ante ella, asegurarme yo en algún matorral, desatarla y tirar hacia arriba, seguir subiendo después y seguir tirando. Así una vez y otra hasta llegar arriba. Por suerte las paredes de la quebrada, en un principio, no eran muy pendientes y estaban cubiertas de un jaral espeso. No habríamos de subir más de unos veinte metros... De todas formas no se me ocultaba que el empeño era difícil y que al fondo la quebrada esperaba, oscura y honda. Durante unos minutos, que me parecieron siglos, no escuché nada en el monte sino mi corazón. Cuando volví a oír el rebuzno angustiado de la burrilla, comencé a descender jaras abajo.

Bajando, hablaba yo en voz alta, para calmar a la burra y darme ánimos: —Quédate tranquila, Teresita, y no rebullas, que en menos que canta un gallo habré de sacarte de aquí... Veinte metros no es mucho, más hondo he bajado otras veces... Pero ves tú las cosas que te pasan por ir brincando a todas partes; y es que me está pareciendo que no eres una burrilla chiquita y pelusona como pareces, sino una cabrita loca o una lagartijilla, sin huesos casi, que entra en todas partes... —Pero la burra, sitiéndome cerca, comenzó a temer y a rebullir, y yo, pensando que fuera a dar en el abismo, la enlacé por el cuello sin tomar precauciones, y a punto estuvimos de caer al fondo. Sin embargo, el jaral era fuerte y pude tomarme de él con una mano y atar a la burra a una mata con la otra.

Comencé a subirla a pura fuerza porque ella se oponía y pateaba; yo no hacía sino insultarla: —Mira, burra de todos los demonios, porque el diablo debió ser tu padre, me dan ganas de soltar el cinto y echarte a lo más hondo del barranco... Siendo tan chiquita que cualquiera puede confundirte con un perro de caza, eres tú más burra que un borrico viejo... ¡Puñetas, Teresona, que ya me estás cansando...!

Tirón a tirón, esfuerzo a esfuerzo, pude subirla, más o menos, hasta la mitad del camino. Me dolían los brazos y estaba de tal forma acalorado que me detuve un momento para descansar, y como la burra aquella me viniera con brincos y revueltas, le dije a gritos que llegando a casa, la iba a encerrar en la cuadra para siempre. Yo no pensaba hacerlo, se lo decía solamente para darle zozobra y por el sofoco del momento. Pero debieron ser muy altas mis voces o sonarle a muy grande mi enojo, porque, queriendo rehuirlo, escapó de mi lado saltando. La tomé por el cinto, tiró de ella para zafarse, perdí pie y caímos los dos juntos quebrada abajo.

Pensé que aquel sería el último camino de mi vida, y, cayendo, sentí el terror de lo hondo y un vacío oprimiéndome el pecho y la garganta. Pero la suerte me salió al encuentro y la burra enredó las patas de nuevo en el jaral. Entre jaras, al borde del abismo quedamos ambos; yo caí sobre ella y no sentí otro daño que el de aquel miedo enorme que me nublaba la vista y me alzaba la sangre hasta las sienes con las prisas de un caballo loco.

Cerré los ojos y durante algún tiempo no hice otra cosa sino asombrarme de estar vivo y temer dejar de estarlo en cualquier momento. La burra tampoco se movía, sin embargo yo la sentía viva y asustada.

Recé para salir de allí y comencé a mirar la forma de lograrlo. En la burrilla no había qué pensar: —¡Pobrecita mi borriquilla loca... me duele el alma por dejarte aquí sola! —le dije, mirando hacia arriba. Sobre mi cabeza el jaral era firme y espeso; pero la quebrada era tan áspera y sus paredes tan empinadas, que en lo alto se veían las jaras trepando por ellas como trepa la parra por el muro. Sabía que no podía seguir allí durante mucho tiempo; el sol aún seguía calentando, pero bajando un poco más, el frío comenzaría a cortar como el filo de un cuchillo, y si la noche me cogía en aquellas alturas, podía despedirme de ver el comienzo de otro día. Sin embargo, tenía miedo de moverme, no fueran a ceder los matorrales o pisar yo donde no debiera. Y tampoco quería mirar hacia abajo porque aquel abismo tan hondo y tan angosto parecía estar esperándome. Por fin alcé los brazos y alcancé la jara que estaba sobre mí. Me pareció segura y procuré subir; pero la burra, sintiéndome, comenzó a revolverse y a venir hacia mí. Estábamos tan cerca que un movimiento brusco era suficiente para hacernos caer a los dos.

—Como sea, Miguel, tienes que alzarte ahora, no puedes perder ni un minuto siquiera —me decía para darme ánimos. Lo intenté y los brazos no me respondieron, que los tenía lastimados por el golpe y de aquel tira y afloja de la burra—. No te asustes, Miguel, que acabarás subiendo, inténtalo de nuevo. ¡Vamos, arriba, Miguel! —Pero no pude alzarme...

Mirando hacia lo alto vi a los perros inquietándose: —¡Canelo, Lirio!, —y a los cachorros, que ya no lo eran y que no tenían nombre, porque yo les llamaba cachorros o perrillos locos—. ¡Eh, tú, perrillo loco! —únicamente... La quebrada se cubrió de sombras y un miedo helado se adueñó de mi cuerpo y de mi espíritu; lo sentía en el temblor de mis manos y en mis uñas azules... Me subieron las lágrimas y comencé a pensar en el pueblo muriéndose

72

conmigo... en mi abuelo, en María la Paloma, en el José María que ya no podría seguir galopando en la mente de nadie... en las casas cayendo, en el riato murmurando para nada, en el brezo floreciendo a solas... Pensando en el brezo, pensé en el junco: ¡Amigo! —grité sin darme cuenta de que gritaba— ¡Amigo, Amigo, Amigo, Amigo...! —seguí gritando luego, con gritos de esperanza.

No sabía yo si aquel que siempre se me había ocultado, oiría mis voces; pero seguí gritando. De pronto comencé a notar una inquietud distinta en los perros, porque ladraban de diferente modo y se iban para volver corriendo. Parecía que alguien se acercaba; los pulsos me latían como ríos de sangre...

—¡Aquí estoy, aquí, aquí...! —grité, y gritando seguía cuando vi a aquel hombre asomado al borde del barranco. El grito se me enfrió en la boca, y la esperanza volvió a ser miedo y fue también asombro, al mismo tiempo.

10. El Lobo

No era Amigo aquel hombre que me miraba, no era Amigo... "Amigo, Amigo, Amigo", llamaba yo por dentro, esperando aún que viniera en mi ayuda. —Aguarda, mozo, que vuelvo de momento —me gritó aquel hombre, y su voz me pareció tan oscura y terrible como él parecía.

Cuando alguien en las sierras decía "Que viene el Lobo", todo el mundo sabía a qué atenerse: no era aquel lobo un animal fiero, de cuatro patas y rabo largo y peludo, que daba duelo a las ovejas, sino un hombre grande y mal encarado, con el rostro en parte tomado de quemaduras viejas y en parte roto, que vivía monte adentro, nadie sabía dónde, y que gozaba haciendo daño, lo mismo a personas que a animales. Si de un rebaño faltaban tres ovejas o tres cabras, no hacía al caso buscarlas, porque era el Lobo quien las había tomado. Si alguno se compraba un mulo, ahorrando por tres años seguidos, y luego el animal amanecía un día cualquiera patas arriba con la barriga hinchada y los ojos como bolas de vidrio, fuera de las cuencas, no había que darle vueltas, era el Lobo y unas hierbas dañinas que él sólo conocía... ¿Aquel zagal chiquito que se perdió cerca del Pico del Navajo, estando con sus padres, y nunca más se supo?... Pues el Lobo también, y sabría Dios qué cosas fueron a sucederle al cuitado... Y muchos más sucesos terribles que la gente contaba, lo mismo en Torjal, en Guadarmil, en La Peñarrasa o en otro lugar cualquiera de las sierras. Hecho probado no lo era ninguno; pero la gente sabía, la gente hablaba, y la gente no se equivocaba nunca... o por lo menos no se equivocaba del todo, porque el refrán lo decía bien claro: "Cuando el río suena, agua lleva".

¿Y por qué se ocultaba el Lobo en el monte y no vivía en tierras de cristianos como un hombre de bien? De la respuesta nadie estaba seguro, pero dichos y figuraciones los había para todos los gustos: "Que si mató a su padre... que si fue a su madre a quien dio muerte... que ni al uno ni a la otra, sino a su hermano mellizo... que si en una sola noche prendió fuego a la mitad de un pueblo y por su causa murieron más de veinte personas... que quizás no fueran tantas, pero sí era seguro que murió alguien..."

¡Y las cosas que hacía el hombre aquel!... Oírlo aullar, lo habían oído más de cuatro, y por cierto que a quienes lo oyeron se les quedó su grito de lobo metido en la cabeza. Cazaba igual que las fieras, acechando a la presa, saltando luego sobre ella y rompiendo la carne a dentelladas; lo vio un pastor de cabras y no pudo dormir en muchas noches...

Todo eso y mucho más se decía del Lobo; yo lo sabía, y ahora el Lobo estaba al pie de la quebrada: "Aguarda, mozo, que vuelvo de momento" me había dicho. Si por lo menos Amigo me llegara con tiempo... ¿Lo llamaba otra vez?... Pero, ¿y si viniendo, el Lobo le hacía frente? Decían que aquel hombre tenía sed de sangre... que era tan fuerte como un toro... que era más malo que la muerte misma... Yo lo había visto al paso en Torjal, en Guadarmil... adonde él bajaba algunas veces para cambiar conejos y perdices por cosas necesarias. Cuando el Lobo entraba en algún pueblo, los zagales pequeños corrían hacia sus madres y los mayorcitos le iban con insultos y pedradas, dispuestos a salir corriendo al menor gesto extraño... Miedo dejaba el Lobo a sus espaldas, y miedo sentía yo aquella tarde, agazapado entre las jaras del barranco.

No me atreví a gritar: "¡Amigo!" —Mejor será que aguante solo lo que venga y que no se encuentre con el Lobo a causa mía —me dije, luchando con el grito que quería abrirse en mi garganta.

Yo temía que el Lobo no volviera, pero también temía su vuelta. Tantas cosas terribles se decían de él que pensaba que su intención era dejarme allí dentro; sin embargo, si volvía y me ayudaba, ¿a qué precio tendría que pagarlo?... Entre el miedo y la desesperanza estaba yo cuando de nuevo oí los ladridos de los perros... No ladraban de miedo ni de ira, me parecieron voces tranquilas y contentas... No podía entenderlo, pero me dije que el frío y el temor me estaban mudando los sentidos... El Lobo me miraba otra vez. —Se va a quedar allí, gozando con mi muerte —me dije...

Pero una cuerda comenzaba a bajar. Yo la miraba como a una culebra venenosa: —¿Y si tomándola, la suelta y caigo al fondo?... Pero si no la tomo, el hielo de la noche tampoco va a tenerme compasión...

Cogí la cuerda temblando y até a la burrilla lo mejor que supe —¡Adiós, Teresita, y que la suerte te acompañe! —El animal llegó a lo alto sin tropiezos, y la cuerda comenzó otra vez a bajar. Cuando me la até a la cintura, empecé a despedirme de la vida—: ¡Dios mío, ayúdame!... —Pero la cuerda subía poco a poco; con cuidado tiraba el Lobo de ella—. Será sólo para darme una mayor zozobra, cuando esté a dos pasos del borde él la suelta... —Yo no quería mirarlo, por no perder de vista aquella cuerda y por no ver su mirada de muerte. Lo miré cuando él me tendió la mano para ayudarme a salir del barranco. Un temblor largo y ancho me sacudió el cuerpo. Nunca había visto al Lobo de cerca, y entonces, con mi mano en su mano, y mis ojos en los suyos, me pareció que no había en el mundo una cara más horrible. Su boca partida se alza-

ba entre barbas enredadas, en una mueca que a mí me parecía de fiereza. Era un hombre enorme; un golpe de su brazo y ya nadie podría librarme del abismo. Sin embargo, un segundo después estaba yo a su lado. Me apretaban tantas emociones, que en un primer momento no pude levantarme de la nieve. Los latidos de mi corazón apagaban los ladridos de alborozo de los perros. El Lobo seguía a mi lado; yo esperaba que en cualquier momento descargara sobre mí aquella maldad extraña de que me habían hablado. Pero ya no era un zagal indefenso y estaba dispuesto ha hacerle frente como fuera. Luego él se movió y yo me alcé de un salto, mirando, entre asustado y desafiante, a aquel hombre terrible y enorme que tenía enfrente. Durante unos segundos entre los dos no hubo otra cosa que silencio, y de pronto algo vino a turbarme de tal modo que el silencio saltó hecho pedazos y comencé a sentir miles de gritos rompiendo en mis oídos. Los barrancos y los montes daban vueltas y el cielo enrojecido se venía sobre mí de golpe... Cuando fui a recuperarme lo suficiente para unir las ideas en la mente, el Lobo ya no estaba a mi lado; se alejaba deprisa y a mí me parecía que llevaba una carga de pesadumbre a la espalda.

Mucho tiempo seguí viendo dentro de mí aquel cinto de juncos , cruzado de una rama de brezo, que había venido a golpearme el espíritu... Mi mente era como un campo de espigas dando la cara al viento: No podía ser el Lobo aquel amigo desconocido que me ayudaba a alzar lo que se venía abajo; no podía ser él quien me trajo a la burra del monte... ni el que me dejaba el junco sobre el brezo, ni el que me mantenía en alto la esperanza...

La noche que se acercaba, el frío y los ladridos de los perros interrumpieron mi asombro; me alcé y, siguiendo los pasos en la nieve, llegué al robledal. Las huellas terminaban en el lugar de siempre.

El pueblo estaba triste y solo; no me salió al encuentro María la Paloma ni me llegué a la cuadra de Martín el Loco.

Fue una noche larga y negra; pero amaneciendo, sentía dentro de mí que aquel Lobo no era lobo; o si lo fue alguna vez, ya había dejado de serlo. Los motivos que tenía para ocultarse no me importaban, ni tampoco se los hubiera preguntado. Él sabría por qué, yo sólo sabía que sus hechos conmigo fueran buenos. Pensando en eso, volví a verlo en mi mente. Su cara ya no me parecía terrible, y aquella mueca de su boca partida, que antes creí fiera, la veía ahora como triste sonrisa únicamente. Me dije que tampoco era un salvaje; se ocultaba y vivía solo; pero de igual modo vivía yo... Tenía que encontrarlo como fuera y decirle que seguía siendo su amigo.

Durante todo el día no hice otra cosa que buscarlo. Cien veces fui y volví sobre mis pasos. Entré en el robledal lo llamé a gritos: —¡Amigo, Amigoo, Amigooo! Subí al monte, oteé en la distancia, bajé quebradas, entré en cuevas, abrí de par en par todas las casas del pueblo... Lo había hecho ya antes, pero volví a hacerlo. No podía estar lejos, acudió a mí en la quebrada, sus pasos terminaban comenzando el robledal, a orillas de los apriscos altos... También busqué entre ellos, en todos, aunque se me ocurría que, estando yo rondando por allí diariamente, no era lugar para que él se ocultara. Como no lo hallé en ningún sitio, volví a irle con acechos, lo mismo que en los días primeros, cuando el viento de poniente me derribó el cercado del huerto y él acudió en mi ayuda. Pensaba tomarlo por sorpresa; pero tenía ojos en la espalda, orejas en todo el cuerpo y el silencio le iba con avisos. Así que se me escapaba como un pájaro al menor susurro.

Determiné que de algún modo habría de decirle que todo seguía siendo como era y que nada se me daba de cuanto hubiera hecho antes o dejado de hacer. Era mi amigo y yo le tenía aprecio y confianza. Después de mucho cavilar, el brezo se me vino de pronto a la cabeza: ¿No era el brezo una señal de amistad entre nosotros? Pues con brezo había de decírselo... Engalané con brezo el pueblo entero: brezo en las puertas, brezo en las ventanas, brezo en las cercas, brezo en los árboles sin hojas... y brezo en el lugar donde solían perderse sus pasos...

Pasé la noche en un duermevela de inquietudes; ¿sabría comprenderme? Amigo comprendió y abriendo el día encontré sus respuestas de junco: junco en las puertas, junco en las ventanas, junco en las cercas...; junco sobre brezo, en todas partes.

Esperaba que esto fuera ya suficiente y que Amigo dejara de ocultarse; hasta llegué a pensar que se bajara al pueblo y pudiéramos vivir puerta con puerta, o en una misma casa, como un padre y un hijo. Sin embargo, las cosas no fueron de esta forma y no lo hallé hasta la primavera, o él me halló a mí; pero en la primavera sucedieron cosas que a los dos vinieron a quitarnos el sosiego, y con la primavera mudaron nuestras vidas por completo.

11. Una primavera diferente

Aquel año el invierno se nos metió en abril; pero la primavera se ocultaba en la nieve, pugnando por brotar, y de pronto, después de una semana de soles mansos y vientos suaves, floreció el campo de golpe y de la noche a la mañana abrieron los botones de las margaritas y los prados se inundaron con las flores menudas de las violetas. En la charca, a orillas de mi huerto rompieron los huevos de las ranas y se veía a los renacuajillos yendo y viniendo durante todo el día. A la sombra de manzanos y ciruelos florecidos yo me afanaba con la azada, removiendo la tierra, abrigada de estiércol, para la sementera.

Comenzando el buen tiempo, despierta el campo y ya no tiene uno descanso, como despiertan también los animales: anidan los pájaros, encama la liebre y nacen los corderos y los cabritos. Largos son los días de abril; pero parecíanme cortos por lo mucho que había para hacer; sin embargo, Amigo venía en mi ayuda como siempre o más que siempre, porque a mí me parecía que en acudir a mis cosas él hallaba un motivo de gozo y que el estar cerca de mí le aliviaba la soledad, como me aliviaba a mí saberlo próximo, por eso no entendía por qué se empeñaba en seguir ocultándose.

Con la primavera en el pueblo había mayor bullicio por las tardes, y María la Paloma me salía al encuentro con mayores risas, y a Cornelio el barbero le parían las conejas gazapos por docenas... y el José María y yo nos íbamos más lejos que nunca; a él se le ponían las mejillas coloradas y los ojos brillantes con los aires de abril... ¡El campo olía a libertad y a gloria!... Una tarde, estando con la mente puesta en el José María, me sacó de las ensoñaciones el primer canto del cuco. Cantando el cuco, es cosa sabida que el invierno ya no habrá de volver por sus fueros; a quien oye el pájaro antes de terminar el mes de abril, le ha de acompañar la suerte durante el año entero y es seguro que han de sucederle cosas buenas y en todo distintas a las que suelen suceder cada día. Cosas que no esperaba me sucedieron ciertamente; pero en un principio no se me antojaron buenas. Y estas cosas que digo comenzaron a ocurrir enseguida, porque viniendo al día siguiente de los apriscos altos, me trajo el aire un rumor que me pareció extraño y que en un primer momento no supe reconocer; luego, poniendo oído, me tomó el sobresalto: era el motor de un coche que subía con trabajo la Cuesta de Las Doblas, que es la mayor de todas las que miran a mi pueblo. Como estaba al lado de la iglesia, me metí en ella con las dos burras; pero los perros siguieron pueblo adelante, inquietos y excitados por aquel ruido extraño que se nos aproximaba. Atranqué el portalón de la iglesia con bancos sobre bancos y esperé con el corazón anhelante, diciéndome que pudiera ser la Rosa, pero que también pudiera no serlo. ¿Y si fueran mis tíos, o alguien de Torjal o Guadarmil?, o ¿algún ladrón de pueblos solitarios, de esos que toman, como si fuera suyo, todo cuanto puede aprovecharse? Si era la Rosa, yo lo sabría enseguida oyendo los ladridos jubilosos de los perros. Pero no escuché gozo tras el seco chirrido de los frenos, sino desconfianza y extrañeza. Los perros ladraron durante algún tiempo y luego debieron cansarse, porque se vinieron al amparo de la iglesia; yo los oía jadear y moverse; pero no me atrevía

a abrirles porque no sabía por dónde andaban los forasteros. Al cabo de algún tiempo, comencé a oír voces que se acercaban y el corazón se me lanzó a galope tendido. Los perros me vinieron con avisos, ladrando otra vez y arañando la puerta. Yo corrí hacia la torre para alejarme de ellos y también pensando que si alguien llegaba a descubrirme, pudiera escapar por lo alto tomando las cuerdas de las campanas y uniendo unas con otras como si fueran escalas. Agazapado en el campanario, vi por primera vez a quienes desde ese día fueron para mí motivo de sobresalto: eran tres hombres y tres mujeres, jóvenes me parecían desde allí arriba. Yo no sabía cuáles eran sus intenciones, pensaba que no habrían de ser buenas, pues Carcueña está al extremo del mundo y se alcanza el pueblo con tanta dificultad, que no es lugar al que suele llegarse para dar un paseo. Me servía de alivio que no fueran mis tíos; no era la Rosa, pero tampoco eran ellos. Yo vigilaba a los forasteros sin perderlos de vista un momento, temiendo que entraran en la iglesia o que comenzaran a tomar los utensilios y aperos de las casas que aún seguían enteras, de la mía y de la de la Rosa, sobre todo. Pero no hicieron ni lo uno ni lo otro, porque su único empeño parecía ser mirar cuanto les rodeaba y apartar a los perros, aunque sin malos modos; y aquel miramiento que tenían con ellos llegó a extrañarme entonces.

Después de un cierto tiempo, que me pareció tan largo como noche de tormenta, sacaron algo de la vieja furgoneta pintada de azul que yo veía a la entrada de la plaza y tomaron con ello pueblo abajo, hacia el puente del riato, me parecía. Hasta la madrugada no osé volver a casa; de puntillas marché de todos modos, silenciando las voces de los perros y los cascos de las burras a cada paso. Y aquella noche ya no pude pensar sino en ellos, y al día siguiente, y durante varios días.

Cuarenta y ocho horas permanecí en mi casa, cerrados los ventanos y las puertas a cal y canto, sin prender la lumbre porque el humo de la chimenea no fuera a ponerlos sobre aviso. A las dos burras me las llevé conmigo a la cocina y a las gallinas también, y no dejaba de echarles de comer y beber, para que estando contentas no se dieran en armar alboroto; a los perros les fui con charlas y con juegos, aunque no estaba yo durante aquellos días con ánimos para divertimientos. Al cabo, la alcoba y la cocina parecían el arca de Noé, y yo tenía los nervios de mi cuerpo a flor de piel y a punto de quebrarse. En las cabras ni siquiera pensaba; seguramente Amigo les iría con socorros, y si no les iba, nada podía hacer yo. Lo que me importaba verdaderamente era que aquellos forasteros no fueran a descubrirme, y bastante trabajo tenía procurándolo.

La primera mañana no hice sino subir al doblado y mirar, oculto entre la paja, calle arriba, calle abajo. Los sentía hablar; pero ni los veía ni oía tampoco lo que estaban haciendo. Se me figuraba que verían el modo de forzar las casas que estaban cerradas y en mejor uso; pero no escuché golpes en mi puerta ni en las de las casas que eran medianeras con ella, ni tampoco en la de la Rosa. De todas formas yo tenía la escopeta a la vera, por lo que pudiera pasar.

Todo el día estuve oyendo voces y pasos cerca; me parecían personas afanadas en alguna tarea, porque no eran calmados y sin motivo, como suelen ser los de aquellos que andan desocupados; sino fuertes y apresurados, como los de los que quieren terminar algún empeño lo más pronto posible.

La inquietud se me mezclaba con la impaciencia de saber qué cosa hacían: "¡Ladrones son, Miguel!, y antes de lo que piensas han de estar aquí; ¡pero no habrán de llevarse tus cosas de balde!", no cesaba de decirme.

De atardecida dejé de oírlos; pero no escuché el rumor de la furgoneta marchando. "Hacia el riato van, seguramente", pensé. Hasta la madrugada permanecí acechando unos pasos de vuelta; pero nadie volvió. Por tanto, determiné echar una ojeada para ver si entendía qué cosas habían hecho en el pueblo y en qué lugar se hallaban. Amparándome en las sombras y en la escopeta, sin llevar candil ni otra luz cualquiera, tiré con pasos de algodón calle arriba. La noche estaba de luna menguada y las cosas se distinguían malamente, pero se distinguían, así que recorrí el pueblo de puntillas, mirando en todas partes con ojos de gato. No hallé nada extraño en ningún lugar; únicamente a la vera del tinado de la tía Camila, que está en la parte alta, pegando con el molino viejo y el abrevadero, hallé un puñado de cosas en desecho, como si alguien estuviera limpiando la escombrera. Yo no entendía nada, pues, si eran ladrones, ¿para qué entraban en casa de la tía Camila, si en ella no había nada que tomar?; la techumbre estaba en pie, aunque falta de tejas, y también las paredes, pero en su interior no quedaban ni muebles, ni ropas, ni ninguna otra cosa de provecho. ¿Por qué no habían hecho ni siquiera intención de llegar a mi casa o a las que, como las mías, estaban en buen uso?... Haciéndome preguntas crucé la calle de la escuela; en la plaza estaba la vieja furgoneta azul, abrigada del relente de la noche bajo los pórticos de la Casa Consistorial. Dejando atrás la iglesia y luego el cementerio, tiré camino del riato. Y allí los hallé, acampando en los prados de Las Dehesillas. Divisé dos tiendas de campaña y un fuego de brasas menudas, y no divisé nada más porque me di la vuelta y corrí, acallando mis pasos, hacia casa.

Pueblo arriba se me figuraba que alguien detrás de mí corría, persiguiéndome. Cuando atranqué la puerta, el corazón se me quería salir por la boca. Toda la noche me la pasé con los ojos abiertos. Se me había ocurrido que aquellas personas pudieran ser gente de bien, que no quisieran otra cosa sino pasar unos días de holganza en un lugar distinto. Pocas veces llegaban forasteros a Carcueña con aquella intención, pero a otros pueblos sí que llegaban. "Quizás caigan dos fiestas juntas o estemos en la semana de la Pasión del Señor", me dije sin ninguna certeza, porque yo no sabía de meses ni de días; sino lo que me decía el sol saliendo cada veinticuatro horas, el calor apretando o el frío metiéndose en los huesos. En cuanto a las fiestas de guardar, algo sabía de ellas, pero era a causa de las campanas de Guadarmil o de Torjal.

"Aunque estos forasteros no sean mala gente, no puedo irles yo descubriendo mi presencia. Podrían extrañarse de hallar un mozo solo en un lugar tan alto, podrían también llegarse luego a Guadarmil o a Torjal, hablar de ello y dar al traste con mi empeño; tienes que andar con tiento, Miguel" me decía, pensando en la forma de salir de casa y llevarme conmigo a todos mis animales sin que fueran alborotando. Si aquellas personas iban de fiestas, no habrían de estar en el pueblo sino unos pocos días y lo mismo habría de suceder en el caso de que fueran malas gentes; pero en uno y otro caso pudieran oír los ladridos de los perros o las voces de impaciencia de mis burras, que aquellos animales no estaban hechos a permanecer encerrados todo el día, ni yo tampoco.

"Me parece que lo mejor será llevármelos ahora pueblo arriba, caminando apartados del puente del riato, meternos en los pinos tras el molino viejo, entrarnos en el monte y luego volver por dentro del bosque de robles hasta los apriscos. Es marchar rodeado, desde luego, pero ir directamente, cruzando el puente, estando los forasteros a dos pasos de él, sería una locura".

Y así lo hicimos, marchando sin tropiezos mayores pueblo arriba los cinco perros, las dos burras y yo. A las gallinas no podía llevármelas, que eran veinte, más un gallo y una clueca con diez pollos. Por lo tanto les di suelta, para que se buscaran la vida del modo que pudieran, y me dije que si los forasteros llegaran a verlas, pues que pensara cada cual lo que se le antojara.

He dicho que marchamos pueblo arriba sin tropiezos mayores; pero a un paso estuvimos de tenerlos, porque viendo los perros a las gallinas sueltas, dieron en perseguirlas y en ladrar, y las burras, contemplando el alboroto, no quisieron ser menos y comenzaron a ayudarles con rebuznos y coces. Yo iba a partirme la garganta chisteándoles. Así entre todos quebramos el silencio de aquella madrugada... —¡Como pongáis en alerta a los forasteros, os hago pedazos —amenazaba yo en susurros, procurando arrastrar conmigo a las burras. Sin embargo, el puente del riato, aunque no estaba lejos, tampoco estaba cerca, y aquellos forasteros debían tener el sueño largo y profundo porque ninguno despertó, y nosotros pudimos entrarnos en el monte sin que nadie llegara a estorbárnoslo; fue cosa de cruzar el riato sobre piedras, por un lugar estrecho.

12. Amigo o la mitad de un misterio

A los apriscos altos los arropan, por un lado, el robledal y, por otro, un cerro de pizarras, y de este modo no solamente quedan al abrigo de vientos, sino también al de ojos extraños; por ello siempre han sido los apriscos un buen lugar para ocultarse.

Cuando en los tiempos antiguos alguien entraba en los apriscos altos, le parecía que estaba en un pueblo de cabras, por el número tan grande de tinados y corrales que había, apoyándose los unos en los otros. Y el bullicio que se oía allí en lo alto era cosa de locos, según me decía mi abuelo; más de mil cabras y otras tantas ovejas rebullendo y balando, que en Carcueña, en otros tiempos, todo el mundo era dueño de un rebaño... Sin embargo, en aquella primavera de la que hablo no había más que diecisiete cabras, tres cabritos y un macho, los míos. Por eso parecía lo que parecía Carcueña, un pueblo casi muerto. Pero lugares para dar acomodo a las burras y los perros los había de sobra, y para ocultarme yo también, aunque el viento se colara por cientos de rendijas y no tuviera otra cama que la tierra.

Acomodando a las burras estaba cuando los perros me

vinieron con el segundo sobresalto de la noche. Fue a causa de un raposo, o por lo menos eso me pareció, porque yo solamente pude ver la huida de una cola rojiza; el caso fue que los perros se dieron en ladrar y en perseguirlo, y a mí se me mudó el color pensando en aquellos que dormían a orillas del riato. "¡Condenados perros de todos los diablos!" En peligro constante había de estar con aquellos animales alborotando por cualquier cosa. Una cueva en el monte tendría que buscarme por la mañana.

Detrás de los perros iba yo, intentando calmarlos, cuando vi que ellos callaban de pronto y hacían un alto en su carrera; acercándome, los divisé con las orejas alzadas y el cuerpo alerta, como si escucharan. También escuché yo y en un primer momento nada oí; pero enseguida sentí un rumor entre los robles, como las hojas movidas por el aire. Me oculté detrás del matorral y esperé con el corazón alborotado. Pudiera ser solamente un pájaro nocturno o una ardilla; pero también pudiera ser el cuerpo de una persona rozando las ramas a su paso. A los perros comencé a oírlos moverse; pero ya no ladraban. Yo no sabía qué pensar. Si no seguían al raposo era porque otra cosa los retenía con mayor interés, pero, ¿qué era o quién era?, ¿y por qué no ladraban? Por mirar por dónde andaban y qué harían, adelanté unos metros, arrastrándome al amparo del rebollar. Cuando llegué a verlos se me detuvo el corazón y me tapé los ojos para no ver lo que había entre los árboles. "¡No puede ser, Miguel, tú no has visto lo que parece, es la luna y la sombra de las ramas. No lo has visto, Miguel." Aparté las manos de los ojos poco a poco. "¡Dios mío!" Me tragué el grito y se me enredó el miedo en la garganta. "¡Dios mío, sí lo has visto, Miguel!" Y de pronto, las piernas aquellas que colgaban de una rama comenzaron a moverse en el aire, avanzando. "¡Miguel, te estás volviendo loco!" Las piernas se alzaron, volvieron a bajar y siguieron moviéndose. Comencé a comprender: era alguien que andaba colgado de las ramas, lo mismo que los monos... y los perros le iban con brincos de alegría...

Fue una luz que se encendió de pronto en mi mente: "¡Amigo!" Ya entendía de qué modo terminaban los pasos a orillas del robledal; pero, ¿hacia dónde marchaban? Porque yo había rodeado cien veces el bosque y nunca vi huellas saliendo de él. De pronto las piernas desaparecieron en el aire y ya no volví a verlas; igual que antes desaparecían los pasos, como si la tierra se los hubiera tragado. ¿Dónde estaría Amigo ahora?, si es que era Amigo, ¿escondido entre los matorrales, como estaba yo, o entre las ramas de algún roble? Agucé los sentidos, acechando cualquier movimiento o cualquier ruido.

Esperaba oír o ver algo dentro del bosque, delante de mí, porque ante mis ojos habían desaparecido las piernas aquellas; pero el rumor que sentí fue a mi espalda y sobre mi cabeza: primero oí un chasquido, después un golpe de algo o alguien que caía con cuidado y luego un roce suave... Me volví sorprendido y lo vi arrastrándose, como una lagartija, por encima de las techumbres de los apriscos. Era aquel hombre a quien decían Lobo y yo llamaba Amigo. Allí estaba y venía hacia mí, ya no me huía... Amigo me hacía señas para que subiera también a las tinadas; entendí que quería conducirme a alguna parte... Arrastrándome detrás de sus pies, me iba preguntando hacia qué lugar me llevaría apriscos adentro, porque los corrales yo los había recorrido uno por uno y nunca hallé rastro de nadie; ¿y de qué forma habríamos de bajar de ellos sin dejar huellas? No tuve que pensar durante mucho tiempo, porque hallándonos al borde de un brezal espeso y ancho, Amigo me hizo un signo y se dejó caer de pronto entre los matorrales; sin entender, caí también entre las plantas. "¿Y ahora qué?", pensaba yo, porque aquellos brezos también los había rodeado muchas veces y nunca les hallé pasos al lado. Pero Amigo se achicó lo mismo que un conejo, abrió el brezal, apartó unas plantas y me mostró la entrada de una cueva. Lo miré con la boca abierta; ¿así había sido durante todo el tiempo?, ¡lo tenía ante mis ojos y no lo vi! Los perros se nos metieron delante, igual que Pedro por su casa. ¿Cuántas veces los habría tenido junto a él? Así que era allí donde se me ocultaban cuando yo los perdía de vista ápriscos arriba... Por ello no ladraban si él estaba cerca, porque lo conocían y en nada les parecían extraños su presencia o su olor. Y por ello aquel día en que desapareció Amigo, cuando lo de las cerillas, ellos no se querían apartar de los ápriscos, porque él estaba allí, enfermo o herido, de seguro.

La cueva aquella era larga y ancha. ¡Los ápriscos enteros estaban sobre ella! Amigo encendió un candil para alumbrarnos y me llevó hasta lo más hondo, por estar alejados de la entrada. Al fondo, la gruta se ensanchaba, y al fondo tenía Amigo su casa: una cama de heno, oliendo a monte; una mesa y un banco de madera, oliendo a árbol; el hogar de la lumbre, hecho de piedra negra; un arca con la tapa tallada a punta de navaja y de tiempo, y, además, junco por todas partes: junco trenzado, junco a medio trenzar, cestos, serijos, un morral...

Primero nos miramos sin hablarnos, que estaban las palabras muy hondas a fuerza de no usarlas, y también porque hay cosas que se dicen mejor con la mirada: amistad, confianza, agradecimiento...

—En este lugar se puede estar seguro, por eso te he salido al encuentro —dijo Amigo al cabo de algunos silencios. Su voz sonaba bronca y hablaba muy despacio, como si las palabras no acudieran a su boca y hubiera de buscarlas en su mente una a una.

Se lo agradecí con el gesto, sin hablar...

—Yo me llamo Miguel —dije luego.

—Francisco me llamaban a mí —me respondió.

—Me gusta más llamarte Amigo.

Después un silencio nuevamente, que Amigo habría de acostumbrarse a las palabras. Luego sólo hablamos de aquella gente extraña que se nos había entrado en el pueblo..., de la cerca del huerto, de la techumbre de la iglesia, del viento de poniente, de todo aquello que habríamos de hacer estando juntos en cuanto aquellos forasteros marcharan... Nada me dijo de su vida de antes ni de las causas que tuvo para ir a ocultarse, y nada le pregunté yo tampoco. Nada supo por mí del miedo de la gente, y nada supe por él del porqué de aquel miedo.

Pero hablando de una cosa cualquiera, acabábamos volviendo sobre lo mismo: aquellos forasteros que no sabíamos quiénes eran ni por qué habían venido...

—¿Y si oyeran las cabras o las vieran? —pregunté.

—En el caso de que oigan las cabras o las vean, pensarán seguramente que son de algún pastor que vive en otro pueblo y que se las trae a lo alto de la sierra por buscar mejores pastos, y como los apriscos están sin dueños y son tantos, no es cosa de bajárselas a un lugar apartado todas las noches, y si ven a los perros pensarán que quedan por guardarlas.

—¿Y las burras?

—Llegarán a creer que son del mismo hombre.

—¿Y si, por mala fortuna, me llegaran a ver llevándome las cabras monte arriba?

—Pues sería cosa de que te dieras la vuelta sin un buenos días o unas buenas tardes, y eso tampoco habría de extrañarles, porque entre los pastores, los hay que no quieren más tratos que el de sus animales. El caso es que no nos vengan con preguntas. Por eso habremos de andar listos a la hora del ordeño, porque si llegan a tomarnos a pie muerto a la vera de los animales, malamente podremos entonces salir con bien de tal encuentro.

Por esta causa determinamos llegarnos a las cabras sólo una vez en todo el día, con la primera luz del alba. Muchas horas había entre un ordeño y otro, pero no teníamos otro modo de hacerlo con menor peligro.

De todas formas, y aunque siempre estábamos de acechos, y caminando lo hacíamos como las liebres, con paso largo y callado, yo no cesaba de rezar a todo santo que se me viniera a la cabeza, porque temía que aquellos forasteros, recelando de algo, fueran luego a bajarse a Guadarmil o a Torjal y allí ir dándole a la lengua sobre lo que habían visto en Carcueña o dejado de ver.

—Sosiégate, Miguel, que estas gentes, sean quienes sean, no han de estar en el pueblo mucho tiempo —me decía Amigo.

Y en ello confiaba yo también; sin embargo, los días se nos fueron alargando mucho más de lo que habíamos pensado, y con los días se nos alargaron también las inquietudes. Y yo no cesaba de volver en la mente sobre ellas, del mismo modo que vuelven sobre el agua las ruedas de un molino: ¿qué sería del pueblo?, ¿y de mi casa, qué sería?, ¿y las gallinas, por dónde irían rondando las pobres?, ¿me las habría tomado ya el raposo?, ¿y la perra vieja y sus dos hijos, seguirían echados a la puerta de Martín el Loco...?

Por las noches nos acercábamos Amigo y yo al Cerro de la Virgen que, asomando entre otros, es centinela del pueblo, y divisábamos a orillas del riato las tiendas de campaña y la lumbre prendida entre ellas.

—Ahí están todavía...

—Ahí están, sí...

—¿Hasta cuándo?

—¿Y qué sé yo...?

—¿Y qué estarán buscando esas gentes en Carcueña? Tiempo han tenido de tomar lo que hubieran querido...

Y así todas las noches de abril, una tras otra. A mí me consumía la impaciencia:

—Si no se marchan pronto, yo me voy donde ellos y...

—¿Y qué vas a hacer tú, Miguel?

¿Y qué iba a hacer yo? Pero no podía entender por qué causa no marchaban. Y esta pregunta que yo me hacía a cada momento tuvo una respuesta en todo diferente a la que hubiera podido imaginarme.

Estaba una amanecida ordeñando las cabras, libre de inquietudes porque el alba suele ser calmada, cuando un sobresalto nuevo me tomó por detrás, y esta vez no tuve más remedio que volverme y hacerle frente, porque lo tenía a dos pasos. Debieron ser las cabras, que estaban de balidos con la impaciencia del ordeño, la causa de que no me apercibiera de aquellas voces que se me acercaban hasta que ya no era posible huir de ellas. Tomé la escopeta, que siempre tenía al lado, más para mover miedos que para hacer daño, y los recibí con ella en la cara; pero aquel arma temblaba en mis manos de tal modo que parecía veleta en día de viento. Tan grande fue el asombro de los que se acercaban como grande era el temor que yo sentía ante ellos. Detuvieron sus pasos mirándome, y después del primer sobresalto me pidieron que dejara la escopeta porque no eran gentes con las que fuera a necesitarla. Pero no les tenía confianza y seguí con ella alzada. Eran dos y eran jóvenes, y yo no sabía cuáles eran sus intenciones. Les pregunté qué hacían en aquel lugar y a aquellas horas.

—Los dos somos madrugadores y el alba nos encuentra levantados muchas veces; por estirar las piernas, ensanchar los pulmones y llenarnos los ojos con las cosas del monte, tomamos cada día un camino distinto; hoy entramos en el que sube hasta aquí por casualidad, luego oímos las voces de las cabras y seguimos para verlas, pero no pensamos hallar pastor con ellas, creíamos que eran cabras sin dueño, animales del monte únicamente...

Me tomó el recelo y también me tomaron el coraje de verlos y la impaciencia de que se fueran.

—Pues dueño tienen, como lo tienen las casas que en el pueblo tenéis como si fueran vuestras, y habrán de volver algún día y habrán de iros buscando también para que les respondáis de lo que ahora vais destrozando.

13. Asombros y sorpresas

Mucho debieron extrañar a aquellos dos mozos mis palabras, porque se miraron entre ellos como si no entendieran y luego me miraron a mí.

—¿Qué dices tú, muchacho, de destruir? —me preguntó asombrado aquel que luego dijo llamarse Mario y que tenía siempre la sonrisa en los ojos.

—¿Y cómo hablas de destrozar?, si nosotros no tenemos más empeño que el de alzar lo que se ha ido cayendo —añadió aquel otro, llamado Juan, que lo acompañaba.

Yo no podía entenderlos y no hacía sino mirarlos como un lelo.

—Un pueblo roto es un pueblo muerto, muchacho; nos dijeron que no había nadie en Carcueña, por eso lo tomamos por nuestro sin pedir permiso. ¿Y a quién habíamos de pedírselo?, si no hallamos más que tres perros y unas pocas gallinas.

¡Mis gallinas! ¿Qué habrían hecho con ellas?

—De los perros no tomamos nada, que no quieren sino permanecer echados, y de las gallinas tomamos los huevos y algunas plumas sueltas, que fueron a dejarse olvidadas —añadió sonriendo aquel Mario de quien ya he dicho que tenía la sonrisa apuntada en los ojos.

—Ya que has hablado de dueños y de ir pidiendo cuentas, ¿sabes tú algo o conoces a alguien que tenga interés en este pueblo? Porque nosotros lo tenemos, y mucho; pero de ningún modo queremos tomar nada que pertenezca a otro.

—Nos dijeron en Guadarmil que habríamos de bajar a Navalbuena, que es cabeza de todo este partido, y arreglar allí lo que fuera necesario para permanecer en Carcueña sin mayores tropiezos. En ello estamos; pero si tú nos dices otra cosa o puedes darnos una razón cualquiera de alguien, habrá de ser bien recibida.

¿Permanecer en Carcueña? ¿Alzar y no destruir? ¿No tomar nada que ya tuviera dueño?... La cabeza me daba vueltas. Siempre había pensado, y también Amigo pensaba de igual modo, que el interés de aquellos forasteros o no era ninguno o era el de tomar lo que pudieran llevarse... Y ahora ellos decían cosas tan diferentes que yo no acababa de entenderlas.

—Me está a mí pareciendo, muchacho, que tú no comprendes del todo lo que estamos tratando de explicarte —dijo uno de ellos, no sabía cuál, así estaba yo de confundido.

—Mira, Juan y yo y otros compañeros menos madrugadores, Ana, Isabel, Enrique y Elena, juntando lo poco que teníamos, nos vinimos aquí para vivir de forma distinta a como vivíamos antes. No se trata sólo de los montes y el silencio, del aire limpio y los cielos azules, es también otra cosa. Tú quizás no lo entiendas, muchacho, porque en el campo esas cosas se sienten sin saber que se sienten; pero es vivir en calma y no tener otro interés que el de vivir y ver vivir a otros... Tomar el fruto del trabajo como pago de éste, sin otras inquietudes ni otras ambiciones... No empujar a nadie en el camino para llegar primero... Tantas cosas, muchacho, quizás tú no lo entiendas; pero sí entenderás que vamos a vivir de manera distinta, y en Carcueña, porque es un pueblo que muere y queremos que viva.

No entendía algunas cosas, ciertamente; pero aquello sí que lo entendía: ¡hablaban de vivir en Carcueña!... Quedé tan sorprendido que la escopeta de perdigones se me cayó de las manos. Uno de los mozos continuaba hablando; pero yo estaba de tal manera fuera de mis sentidos, que me tomó algún tiempo oír lo que me estaba diciendo:

—Cuatro casas hallamos cerradas; entendemos que hay quien las cuida o quien las cuidaba no hace mucho. Nos hablaron de un hombre y su nieto; pero el abuelo murió y el muchacho marchó con su familia... ¿Sabes tú de otras personas que tengan interés en estas casas?... Lo decimos por ir a darles cuenta de qué es lo que hacemos en el pueblo y por qué causa estamos haciéndolo.

Negué con la cabeza diciéndome que ya había hablado mucho más de lo que era conveniente. Luego me vinieron con otra pregunta que me puso en un mayor aprieto:

—¿Y tú, vives aquí solo, o estás con alguien?

Traté de serenarme porque no fueran recelando.

—Ni estoy solo, ni vivo aquí. Mi padre y yo nos traemos las cabras a estas alturas por darles mejores pastos; y como hallamos los apriscos sin dueño, aquí las mantenemos durante el buen tiempo; por no irle con la caminata todas las anochecidas...

—¿Y dónde está tu padre ahora?

—Se subió al monte por cortar una carga de leña.

—Si no tarda mucho en bajar, tendremos gusto en saludarlo.

—Mi padre es hombre hosco y no quiere otra compañía que la que le doy yo y la que le dan las cabras —respondí con tales prisas y tales ardores que en seguida fui a arrepentirme de unos y otros.

—De todos modos le dices a tu padre que si en algo pidiéramos ser útiles, estamos acampados junto al río, y si no, que nos busque en Carcueña. Y tú, cuando quieras, te bajas para charlar un rato o tomar un café, que siempre serás bien recibido; y deja en el suelo esa escopeta, hombre, que nosotros no somos gente que entienda el lenguaje de las armas.

Marchando ellos, me quedé a solas con aquel asombro que me había tomado por entero. "¿Y ahora qué vas a hacer tú, Miguel? ¿De qué forma les dejas el pueblo en las manos? ¿Y cómo no se lo dejas? Parece buena gente, aunque hay lobos que andan por ahí con pieles de cordero; pero aunque fueran corderos, Miguel, no habrían de entenderte... Callado has de seguir, y no veo yo arreglo a este enredo, por más que le dé vueltas".

Pensaba yo que a Amigo se le pudiera ocurrir alguna idea; pero Amigo anduvo tomado de temores desde que se enteró; así pasaba el día monte adentro y el alba ya lo hallaba lejos de los apriscos. Y era porque pensaba que seis personas eran muchas para irse ocultando de ellas. En apuros se vio muchas veces en vida de mi abuelo, que nunca osó acercarse al pueblo; conmigo fue distinto porque era uno solo y mozo nuevo. Además, y aunque eso no lo decía, recelaba también de aquellos perros míos que entraban y salían en cuanto nos descuidábamos; y hasta le asustaba que pudieran llegar a verme a mí, que no tenía más remedio que acudir a las cabras cada día. Si los mozos aquellos nos llegaron al alba una vez, pudieran llegar otra, también amaneciendo o entrando la noche, seguir luego mis pasos y verme avanzando como una lagartija sobre las techumbres de los tinados... —Miguel —me decía—, coge las cabras y nos vamos al monte, por lo menos mientras haga buen tiempo, ya veremos después... Quizás los forasteros se aburran con las primeras lluvias y los vientos de poniente, ya sabes tú cómo soplan, Miguel. Y cuando se les vengan abajo los trabajos que tengan alzados, ya veremos qué hacen...

Pero yo no podía alejarme del pueblo, porque en el pueblo tenía mi casa, y la casa de la Rosa, y la iglesia, y el riato... y tantas cosas...

—Marcha solo, Amigo.

—Sin ti no marcho, Miguel.

Y así seguimos, viviendo sin sosiego, esperando por ver si en algo mudaba nuestra suerte. Yo no me tenía dentro de mí pensando en el pueblo y en si serían ciertas las cosas que dijeran los mozos aquellos sobre alzar y construir. A Amigo todo se le volvía mirar por los rincones, oír en la distancia y andar sobresaltándose por cualquier causa. Y al cabo él y yo no fuimos más que un manojo de nervios. Así, una noche que no volvió del monte, me dije que no podía soportar ni un minuto de aquella incertidumbre, y que sin más tardanza me bajaba al pueblo. Aquellos que dormían a orillas del riato, según dijeron, eran madrugadores, aunque algunos más que otros, y como trabajaban durante todo el día, se me figuraba que habrían de acostarse temprano... Yo los tomaría en el primer sueño, que suele ser el más pesado, y estaría de vuelta antes del alba.

Dejé a los perros bien atados porque no me siguieran y me puse en marcha sin otra compañía que mi inquietud. La noche estaba más clara que oscura, por eso tomaba yo todas las precauciones para ocultarme. De peña en peña, de matojo en matojo iba avanzando. Comenzaba mayo y había ronda de grillos entre la hierba; las ranas conversaban también en las charcas. "Mejor, Miguel, déjalos que canten en paz, que así los sonidos del campo cubrirán otros sonidos". Me dije hallando algún alivio para mis inquietudes.

A orillas del riato las tiendas de campaña sosegaban, y yo seguí adelante, sintiendo los golpes de mis pasos en las sienes.

Hallé el pueblo tranquilo, durmiendo a la luz blanca y leve de la media luna. Adivinaba las casas antes de verlas: aquélla, de la Elvira, a su lado, la del señor Ezequiel, la de la esquina, la del tío Catalino... Llegando ante mi casa, me dio un vuelco el corazón; pero la hallé entera y cerrada, tal como la había dejado. Cerradas y enteras hallé también la casa de la Rosa y las otras dos casas que eran medianeras con la mía... Ciertas eran hasta ahí las pala-

bras de los mozos; ¿pero lo serían también en eso de alzar lo que estaba cayendo? Seguí pueblo arriba acallando pasos y sobresaltos. Delante de la cuadra de Martín el Loco, la perra vieja y sus hijos, oliéndome, salieron a mi encuentro saltando de contento. También me alegré yo de verlos, y más me alegraba porque siendo ellos tan hoscos como eran, se acordaban de mí y me mostraban júbilo. Sin embargo, los fantasmas de Carcueña no acudieron a mi mente aquella noche, y era porque yo no tenía el sosiego suficiente y estaba temiendo a cada paso tropezar con alguien vivo. Razón tenía para temer, porque fueron los vivos y no los muertos quienes salieron a recibirme en Carcueña.

14. La casa de la tía Camila

Cuando reparé en la casa de la tía Camila, creí que eran las sombras de la noche las que de aquella forma la mudaban. Encendí una cerilla y me quemé los dedos a causa del asombro; encendí otra y cerré y abrí los ojos varias veces por si eran ellos los que estaban cambiándome las cosas. Luego miré arriba y miré abajo, hacia la izquierda y hacia la derecha. La casa no parecía la misma: la techumbre estaba entera, nuevos eran los marcos de la puerta y los de los ventanos; en el muro de fuera del doblado comenzaban a cerrarse los huecos de las piedras caídas... Empujé la puerta delantera y la encontré cerrada, y eso también me extrañó, porque aquella casa, como tantas otras, solía estar abierta a cualquier viento. ¿Quién podría haberla cerrado? Los forasteros desde luego, pero, ¿por qué? Empujé de nuevo diciéndome que aquella noche andaba yo viendo visiones y que aquella puerta se habría atrancado sola por cualquier causa, hinchada estaría la madera tras el invierno seguramente. Pero por más fuerzas que hice no pude abrirla; empujando estaba de nuevo cuando oí un rumor a mi espalda; me di media vuelta sobresaltado, y antes de que mis ojos se hubieran dado cuenta del peligro, me encontré sujeto por dos brazos que, en la inquietud de la noche, me parecieron hierros de cadenas. Me revolví como un loco, mordí, arañé, coceé igual que un asno furioso, maldije... y perdí la cordura por completo, diciendo a voces que aquel pueblo era mi pueblo, que nadie iba a sacarme de él como no fuera muerto, que tenía los años suficientes para vivir solo si era ese mi gusto, y que si se empeñaban en llevarme donde yo no quería, no sería sin daño para mí y para otros... Y muchas más cosas dije, hasta que se abrió la puerta delantera y el haz de luz de una linterna vino a darme en los ojos.

Ana era pequeña y menuda, como una niña, una media moza desde luego. Estaba tan asustada como lo estaba yo; pero viéndome, pareció serenarse; también yo serené, viéndola a ella.

—Debe ser el muchacho del que hablaban Juan y Mario —exclamó bajando la linterna.

Enrique me pareció enorme, como una encina. Poco a poco aflojó la presión de sus brazos y comencé a respirar sin agobios.

—Estas no son horas para andar de visitas, muchacho —exclamó a dos pasos del enfado y a otros tantos del alivio.

A esas alturas ya me estaba reprochando de aquella torpeza que me había descubierto, diciendo cosas que nunca hubiera dicho de estar en mi juicio. Rezando estaba para que no hubieran reparado en ellas y para que me dejaran marchar sin preguntas; pero mis rezos no debieron llegar a ningún santo.

—Entra ahora y olvidemos el sobresalto con algo caliente, que aún son frías las noches de mayo —dijo Ana abriendo la puerta de par en par.

—Sí, entra y dinos qué buscabas a estas horas y por qué, pudiendo venir de día, has venido con la noche cerrada —dijo aquel Enrique con tal determinación que dejó de parecerme encina para parecerme torre de iglesia.

Entré con ellos sin resistirme, no sólo porque de nada

me hubiera valido el intento, sino también porque pensé que lo hecho, hecho estaba, y las cosas que dije, dichas habían quedado; y además porque siendo hijo de casa honrada, no quería que fueran a confundirme con un ladrón de sombras.

La casa de la tía Camila por dentro tampoco parecía la misma: reluciendo de limpia, con el piso barrido, las paredes dadas de cal y el hogar de la cocina recompuesto y con lumbre prendida... No había muchos muebles; pero los que había, aunque recios, parecían ofrecer buen acomodo.

Al principio yo no hacía sino callar, y aquel Enrique, que cada vez me parecía más grande y más metomentodo, no hacía sino preguntarme. Luego Ana nos trajo un caldo caliente y comenzó a decirme quiénes eran ellos y por qué causa estaban en Carcueña.

Enrique, según dijo, se había cansado de hacer siempre lo mismo; todos los días y a la misma hora. No le gustaba lo que solía hacer, por eso abrió la ventana y tiró por ella aburrimiento y papeles de oficina. Ahora tomaba la madera y le daba forma, y aquel ciervo echado sobre el vasar de la chimenea era sólo una muestra. En cuanto a ella, se ponía a mirar las cosas hasta que se las metía dentro; luego cogía un pincel y un lienzo blanco y allí las dejaba, para que otros vieran lo que ella había visto. Siempre hizo lo mismo y siempre le gustó hacerlo; pero en Carcueña estaba Enrique, y además en Carcueña y con su marido las cosas parecían más hermosas.

Aquellos otros que dormían a orillas del arroyo, porque en la casa no habían arreglado todavía sino un dormitorio, estaban en Carcueña por causas parecidas.

Mario se pasaba la vida dejándose los sueños sobre el papel para que otros los leyeran más tarde... Y Juan se cansó de vender cosas sin sentido que no tenían otra utilidad que la de vaciar los bolsillos al prójimo. A Juan y a Mario ya los conocía yo. A Elena no la conocía, pero en cuanto la conociera, me sería simpática, porque Elena era, ¿cómo lo diría?, una persona sin dobleces ningunos, clara como el agua. Si decía blanco, era blanco y no medio negro. Por eso estaba en Carcueña precisamente, porque antes tenía que decir las verdades a medias, y es que en su trabajo aquella era la clave del éxito. ¿Sabía yo lo que eso quería decir? ¿No?, pues ni falta que me hacía. Isabel era diferente; estaba en Carcueña porque no se entendía con sus padres, sin embargo el día menos pensado... De todas formas podía enseñar algunas cosas, porque durante dos años estudió para arquitecta; luego colgó los libros, pero algo sabía de alzar muros y fijar vigas.

—Más o menos ya sabes quiénes somos; seguramente también querrás saber por qué estamos aquí y qué pensamos hacer. Pues mira, el que más y el que menos se ha cansado de vivir corriendo siempre, a golpes de tiempo como quien dice; de mirar y no ver, de oír y no escuchar. Ahora queremos vivir con calma, ¿entiendes? Y éste es sólo un motivo; otro es el de dar a las cosas el valor que ellas tienen y no el que parecen tener. Aquí en Carcueña queremos vivir de otra manera: labrando la tierra, criando animales, levantando el pueblo poco a poco... No es que reneguemos del progreso o que pensemos que esta vida sea mejor que otras; es una vida más, pero es la nuestra; de todo debe haber, y el campo está tan falto de brazos y de esfuerzo...

A mí me parecía que aquella media moza hablaba con el corazón, y si las cosas eran como decía, los forasteros no habrían de ser un mal para mi pueblo. En ello pensaba cuando aquel Enrique metomentodo volvió con las preguntas:

—¿Qué has querido decir con eso de que este pueblo es el tuyo?

Me encogí de hombros.

—Pues si eres del pueblo, ¿por qué no vives en él?

Seguí sin reponder y él comenzó a perder la paciencia.

—Mira, muchacho, es que no acabo de entenderte; primero te escondes en los riscos y luego nos tomas la noche como si fuera pleno día... ¿Y qué es eso de vivir solo,

cuando habías dicho a Mario y a Juan que vivías con tu padre? ¿Qué se ha hecho de tu padre? ¿Y eso de salir del pueblo muerto?... Explícate, muchacho, porque yo no te entiendo.

—No es que nosotros queramos meternos de rondón en tu vida; pero, por lo que nos parece, hay algo que te altera; si te sirve de alivio decirnos algo... si no, pues tan amigos, que cada cual dice lo que quiere decir y también se calla lo que quiere. Únicamente nos extraña la hora de llegar... y los golpes en la puerta, y... mira, yo creí que se nos venía encima una cuadrilla de ladrones, ya ves...

Oyendo a Ana, comencé a dar vueltas en mi cabeza, pensaba si sería mejor hablar o seguir callando. "Si callo" me dije "tendré que seguir oculto, perjudicando a Amigo, con la casa cerrada, los perros atados y las burras con los cascos consumidos de inquietud. Bueno es el monte durante el verano; pero los altos de la sierra en invierno ya son otra cosa... Sin embargo, si hablo puede ser que los forasteros acaben descubriéndome; pero me parece a mí que los ojos de esta media moza no ocultan mentiras... y además, si callo, algún día acabaré descubriéndome solo, porque de esta manera no puedo seguir durante mucho tiempo. O hablo ahora o me voy a otro sitio, y a otro sitio no me puedo marchar".

Empecé a hablar casi sin darme cuenta, que parecía que los sentimientos me iban empujando las palabras. Les hablé de mi abuelo, del viento de poniente, de mi madre, que tenía las raíces en el monte... de mi padre, que no me conoció, de mis tíos, y de aquel olor a cabra que se les metía por las narices en cuanto yo llegaba... y les hablé también de aquello que mi abuelo decía de que si yo me olvidaba de las cosas y las gentes del pueblo, el pueblo acabaría muriéndose del todo.

No hablé de María la Paloma, de Cornelio, el barbero, ni del José María... porque estaban muy adentro de mí, ni tampoco les hablé de Amigo ni de lo que la gente iba diciendo de él, porque aquél era un secreto que sólo podrían quitarme con la vida; les dije únicamente que aquel padre de quien había hablado era una invención mía y nada más, que no había nadie en Carcueña sino yo. Terminando de hablar, me metí de nuevo en mí mismo y no osaba mirar ni preguntarles. También parecían estar ellos dentro de sí, porque el silencio iba y venía entre nosotros. Al fin, aquel Enrique, a quien yo temía tanto, lo quebró levemente, removiendo las brasas de la lumbre. Ana suspiró una sonrisa y me miró; yo la miré también.

—Si has podido arreglártelas estando solo, podrás hacer lo mismo acompañado, si tú quieres... —exclamó arrimándome otra taza de caldo.

—Fuerzas tienes y ánimos también —dijo aquel Enrique, enderezando por completo la estatura, y a mí entonces me recordó a mi abuelo—. No sé yo qué iba a hacer un muchacho como tú entre cuatro paredes y respirando humos todo el día; y si tus tíos no se han inquietado por ti en dos años enteros, no veo yo motivo para ir nosotros inquietándonos ahora por ellos. Así que sigan tus tíos en su casa y tú sigue en la tuya. Y en cuanto a si puedes o no puedes vivir solo, pues a la vista está... —añadió golpeándome la espalda con tal fuerza que me pareció que todo se me desprendía por dentro.

Cerré la boca para que no se me escapara el sobresalto del golpe y, poniéndome en pie, lo palmeé en la espalda lo más fuerte que pude. Y fuerzas debía tener yo ciertamente, porque también tuvo él que cerrar la boca para no mostrarme de qué manera se le cortaba el resuello.

15. Días buenos y días malos

A partir de aquella noche mudó mi vida por completo, pues me bajé al pueblo y abrí las puertas de mi casa de par en par. Ya no tenía temor alguno a que alguien llegara al pueblo y pudiera encontrarme. Allí estaba yo a cara descubierta. ¡Había gente en Carcueña, y en todo el mundo no podría encontrar otro lugar mejor para vivir!, y si no, que fueran preguntándoselo a Juan, a Mario, a Ana, a Enrique, a Isabel o a Elena.

Mi única inquietud era Amigo, en los apriscos altos, y aquella desazón que le había entrado y aquel desconfiar de todos: —Verás, Miguel, cuando llegue el invierno... Con el buen tiempo todo parece fácil, luego, con la nieve y el viento, las cosas cambian; ya verás cómo entonces se vuelven por donde vinieron. Esas palabras que dicen suenan bien, pero son palabras solamente, Miguel, ya lo verás.

Yo, sin embargo, no dudaba.

Durante el verano aviamos del todo la casa de la tía Camila y, además, otras dos; la una, en la plaza, nos servía para guardar herramientas y aperos de labranza; la otra, próxima a la de la tía Camila, serviría de hospedaje para los amigos que vinieran en los días de fiesta.

—Primero vendrán de visita y luego acabarán quedándose, ya lo verás, Miguel; hasta que lleguemos a ser quince o veinte; más no, que las cosas se nos pudieran escapar de las manos si fuéramos muchos —me decía aquel Mario, que tenía la cabeza siempre llena de ideas nuevas y el pecho lleno de ilusiones.

En los apriscos altos volvimos a hacer quesos, como en vida de mi abuelo, y luego alguno se bajaba con la furgoneta hasta Navalbuena, hasta La Peñarrasa o más lejos aún, para venderlos.

También nos dimos en aprovechar lo que podía aprovecharse en el gallinero, pues a cinco gallinas que se nos quedaron cluecas, las pusimos a empollar, y así fue aquel verano de píos y cloqueos... En la primavera siguiente habríamos de tener huevos de sobra y aún nos quedarían algunos para poner en venta.

El huerto de verano no dio mucho fruto, pero fue suficiente para todos. En el año próximo no tendríamos lugar para guardar la cosecha...

Fue un verano de trabajos y calmas, de no echar nada en falta; hasta que se pasó, no caí en la cuenta de que la Rosa tampoco había venido aquel año, y pensando en ello no sentí la tristeza de otras veces; tampoco me acordé del José María aquel verano, ni de María la Paloma, ni de Cornelio el barbero... ¡Tenía la mente tan llena de otras cosas...!

El otoño fue manso y manso fue también el invierno, que parecía que el tiempo lo estuviera haciendo a propósito... Se nos pasaron abrigando la tierra, podando árboles y arreglando lo que dentro de las casas podía ser arreglado. De las horas que el trabajo nos dejaba libres, algunas las gastamos cada cual a su gusto, yo hallé en aquel invierno la afición a los libros, y otras las gastamos todos juntos, al amor del fuego, pensando en la primavera que habría de venir y en el verano glorioso que le seguiría. Labraríamos durante la primavera los campos de mi abuelo, no sólo el huerto de verano, sino también aquellas otras tierras que

113

cubrían entera la orilla derecha del riato... Ya veíamos a mayo florecido, ondeando de espigas. Y no eran espigas solamente, sino habas tiernas, guisantes, judías verdes..., legumbres... Los doblados y los pajares que teníamos en uso habrían de venirnos escasos para tanta cosecha. Luego, en septiembre, compraríamos un motocultor, y aún nos quedaría lo suficiente para dos o tres lechones... y una vaca, quizá... A primeros de marzo ya parecía primavera, y como los árboles venían floreciendo, nosotros comenzamos con la siembra.

—Hasta que canta el cuco no está el invierno fuera, Miguel —me decía Amigo.

—Este año va a ser diferente, ¿no ves cómo brotan los árboles? —le decía yo.

—No eches aún la simiente en la tierra, Miguel; una helada tardía y muere la semilla...

—Que no, Amigo, que no, que tú todo lo ves con ojos oscuros.

A mí me parecía que a Amigo entonces todo se le volvía negro; creía yo que era únicamente por temor a que alguien llegara a descubrirlo; pero no era eso sólo, aunque no lo entendí hasta mucho más tarde, sino que era también a causa de no tener las manos ocupadas en nada provechoso y a no prestarme la ayuda que antes me prestaba. Durante mucho tiempo, Amigo me había sido necesario y ahora ya no lo era. Esa fue la causa de aquellos silencios tan largos que guardaba cuando yo iba a hacerle compañía y de aquella tristeza que le salía a los ojos.

Andrés y Pedro se unieron a nosotros comenzando abril, cuando las plantas nuevas rompían en la tierra. Era un gozo de tallos nuevos y abejas zumbando. Tres cabras nos parieron mellizos, había cinco gallinas con pollos y ya nos parecía que el verano estaba a la vuelta de la esquina.

—Somos nueve, Amigo, Carcueña vuelve a ser un pueblo vivo, y luego seremos más —decía yo en los apriscos altos.

—Ya veremos, Miguel...

A mí, Amigo me estaba pareciendo un pájaro de mal agüero.

—Pero si no hay de qué temer, Amigo, no ves que los forasteros ya no lo son.

—Ya veremos, Miguel...

Lo que sucedía es que él andaba siempre temeroso, y no tenía motivos... Si Ana lo había dicho muchas veces: "Una persona no es lo que fue; a las cosas antiguas se las lleva el viento y agua pasada no mueve molino".

—Bájate al pueblo con nosotros, Amigo.

Amigo se metía dentro de sí mismo y ya no despegaba los labios, y nunca se movía de los apriscos sino era durante la noche.

Cuando Andrés y Pedro llegaron a Carcueña parecía que todo el año iba a ser primavera: los campos floreciendo, el pueblo limpio de escombros, las casas nuevas, blancas por dentro, las gallinas con pollos, las cabras pariendo... Y luego, cuando no lo esperábamos, el invierno volvió por sus fueros, nos tomaron los hielos los campos y durante todo el mes, los vientos de poniente estuvieron haciéndonos destrozos.

Terminando abril, Andrés y Pedro marcharon sin decir una palabra; Isabel también tenía preparada la maleta:

—No era esto lo que yo había esperado, lo siento... Estos vientos me ponen los nervios de punta... También vosotros tendríais que pensarlo... Quizá más adelante... Ahora me doy cuenta de que yo no sirvo para esto.

Estas cosas que dijo no esperaban respuesta y por ello ninguno intentó dársela.

—Isabel hubiera acabado yéndose, de todos modos —murmuró Ana cuando se marchaba.

—Sí, pero las cosas nos van a ser difíciles sin ella —añadió Enrique—. Porque en esto de poner vigas y remendar paredes...

—Nos las arreglaremos de cualquier forma; si Miguel se las arregló estando solo...

Yo no podía hablar de Amigo, ni de que durante los dos años pasados habían sido sus manos, alzando y reparando, las que habían dado a las mías las fuerzas necesarias para alzar y reparar.

Los hielos y los vientos de abril nos tomaron la mayor parte de la cosecha; luego vinieron las aguas de mayo a tomarnos también otras cosas.

Comenzó a llover el quinto día del mes.

—Puede que estas aguas de ahora den vida a las plantas tardías —dijo Mario cuando la lluvia aún era mansa.

Luego se abrieron los cielos sobre nosotros y fue granizo y lluvia desatada y rachas de viento de poniente, y... desánimo, y no saber qué hacer... Así un día y otro día. Después crecieron los arroyos, se anegaron los campos, el riato se salió de madre y tuvimos que acudir a las cabras con el agua hasta la rodilla...

En el pueblo, las vigas recién puestas crujían sobre nuestras cabezas, la cal de las paredes rezumaba humedad... y seguía lloviendo.

—¿Es que esto no va a acabarse nunca, Miguel?

—¿Ha llovido otras veces de igual forma, Miguel?

—¿Te acuerdas de otra primavera como ésta, Miguel?

—¿Cuánto tiempo pueden seguir las cabras sin salir a los montes, Miguel?

—A mí esto empieza ya a robarme el sueño, Miguel... ¿Tú qué piensas?

¿Yo qué podía pensar? Lluvias y vientos hubo en otras primaveras, y granizos, y cosechas perdidas por completo... Muchas veces crujieron las techumbres y pudrieron las vigas... Pero también hubo primaveras calmadas y gozosas, y doblados rebosantes de grano en septiembre... Otoños buenos y otoños malos, inviernos que duraron seis meses, y también hubo inviernos que no lo parecieron. Pero yo, ¿qué podía decir?, si esas cosas son para haberlas vivido...

—¿A ti qué te parece, Miguel?

Yo me encogía de hombros.

—Así es Carcueña —decía, y ellos se miraban los unos a los otros.

—¿Qué hacemos?

—Yo prefiero esperar. Si vamos a rendirnos al primer contratiempo...

—¿Al primero?

—Al segundo o al tercero, qué más da.

—O al cuarto, es lo mismo; pero vendrán primaveras mejores, ¿verdad, Miguel?

Dos días enteros estuvo sin llover y hasta lució el sol durante algunos ratos; pero el pueblo era un revoltijo de barro y tejas rotas.

—Tenemos que empezar enseguida —dijo alguien mirando las techumbres.

—¿Y qué hacemos primero, Miguel?

A mí me daba vueltas la cabeza y no podía hablar de Amigo y de que había sido él quien, en otras ocasiones, había tomado el peso mayor de los trabajos. Amigo siempre sabía lo que era mejor y por dónde empezar, y yo seguía donde él lo dejaba.

Luego, en los apriscos altos, Amigo me escuchaba y no decía una palabra.

—El pueblo se nos va de las manos, Amigo. Y acabarán marchando, ya lo verás... Y yo que ya veía a Carcueña floreciendo...

Cuando empezábamos a creer que mayo se abría paso, el viento de poniente nos trajo nubes nuevas. Eran altas y oscuras, como montañas al filo de la noche.

—¡Si esas nubes se dejan caer sobre nosotros...! —dijo alguien, mirando hacia lo alto.

Se dejaron caer aquella noche y derramaron una carga de lluvia enfurecida hasta el filo del alba. Por la mañana ya no llovía, pero al pueblo entero nos lo había tomado el río, y marchando a los apriscos altos, no pudimos llegar, porque el riato era un mar de agua enfurecida y no se veía el puente por ninguna parte.

—El riato fue siempre muy profundo, ¿verdad? —preguntó alguien.

Afirmé con la cabeza.

—¿Sería una locura cruzarlo con la fuerza que trae la corriente...?

Volví a afirmar.

—¿Y las cabras, Miguel, encerradas en el aprisco?

Me encogí de hombros volviéndome hacia casa, y era porque no podía hablarles de Amigo.

Aquella misma noche lo dijo Enrique; yo lo estaba esperando, pero me hizo el mismo daño que si no lo esperara:

—Si tenemos que irnos, tú te vienes con nosotros, Miguel.

Negué con firmeza.

—No es que sea nada seguro todavía, pero estando las cosas de este modo... —añadió Ana.

Tardaron varios días en volver las aguas a su cauce. El puente se había roto por el centro, pero como el riato nunca había sido ancho, nos bastó un tronco largo para poder cruzarlo; otras muchas veces lo había atravesado yo por cualquier parte, pisando sobre piedras, y casi todos los días se metían los perros en las aguas para subirse al monte.

Entrando en los apriscos, Enrique se detuvo un momento:

—Mejor será que te quedes aquí, Miguel.

—Quizá las cabras hayan roto la puerta, pero de todas formas sería mejor que te quedaras —añadió Elena.

—Es que si no las hubieran roto, sin comida y a falta de ordeño... Por favor, Miguel —suplicó Mario.

Pero yo sabía que las cabras habrían de estar bien, por eso me subí a los apriscos sin otra inquietud que la de explicar luego por qué causa lo estaban.

16. Amigo y la otra mitad del misterio

En los apriscos altos hallamos a las cabras tranquilas y ordeñadas; el suelo limpio, aviados los pesebres y las tejas seguras, como si vientos y lluvias no los hubieran rozado siquiera. Pasadas las primeras sorpresas, como yo no pudiera decir nada, acabaron también las preguntas:

—Si no quieres decirlo, no lo digas, Miguel.

—Tú sabrás qué callas y por qué.

—Si no va a traernos peligros ni tropiezos, es cosa tuya.

—Yo lo he dicho otras veces y lo digo otra vez: cada uno que viva como quiera.

—A mí se me va una pregunta y se me viene otra; pero todos tenemos derecho a callar algo... y digo igual que Juan: mientras no haya peligro...

Bajándonos al pueblo, había un aire de misterio entre nosotros; pero yo no podía hablar de Amigo. Sin embargo, aquella misma noche comenzó a hablar él de sí mismo.

Con la primera luz del alba vimos la primera señal de su presencia: una decena de tejas ordenadas, al pie de una escalera de palo que apoyaba en el muro delantero de la casa de la tía Camila. No estaban allí cuando fuimos a

acostarnos. Enrique se subió al tejado mascullando palabras asombradas.

—¿Has sido tú, Miguel? —me gritó desde arriba.

Yo no había sido, ni Juan, ni Ana, ni cualquier otro.

—¿Pues, y esto, Miguel?

Yo me encogí de hombros.

Y por allí empezamos, remendando techumbres porque no se pudrieran las vigas ni las casas se llenaran de goteras... Luego fue el barro en las calles y el puente del riato...

Amigo comenzaba los trabajos por las noches, igual que en otros tiempos, y nosotros seguíamos donde él lo dejaba... En el pueblo sólo había trabajo sin preguntas, que todos se tragaban las ganas de saber. Y en los apriscos altos: —Amigo, vente al pueblo con nosotros; no habrá un porqué, amigo. Si ya lo dice Ana: una persona es lo que es y no lo que fue antes...

Amigo meneaba la cabeza:

—Una persona es lo que es y lo que fue, Miguel.

—Que no, Amigo, que no.

—Que sí, Miguel, que sí.

Llegó el verano y nada nos quedó de la cosecha, sino la esperanza de veranos mejores; pero ya era bastante.

En septiembre se nos unió Roberto. Yo temía, recordando a los que se nos fueron con los vientos de mayo; pero Roberto era distinto, que se ponía el mundo por montera y el desaliento se lo echaba a la espalda. Era médico desde hacía poco tiempo y no tenía trabajo; pero él sabía buscárselo, y así casi todos los días, después de cumplidas las tareas del pueblo, se bajaba a Guadarmil, a Torjal o a otro lugar cualquiera de los que nos eran cercanos y estaban abandonados de la mano de Dios; y entre reúmas y toses se pasaba las tardes, y cuando no había nada que curar, cogía la guitarra y alegraba ánimos cansados y tristezas antiguas.

Se nos metió el invierno en el pueblo de repente; pero no nos tomó por sorpresa, que estábamos preparados para recibirlo. "Así es Carcueña", decía yo cuando las nieves nos cerraron todos los caminos. "Así es Carcueña", decían ellos y echaban más leña en la lumbre. Después Roberto comenzaba a tocar la guitarra.

Hubo vientos muy ásperos durante aquel invierno, y también se nos volaron tejas que habíamos repuesto en otoño. "Así es Carcueña" volví a decir. "Así es Carcueña" dijeron, mientras las colocábamos de nuevo.

Durante las veladas hablábamos de todo, menos de la primavera. "Ya veremos cómo se nos presenta este otoño", decíamos únicamente.

Y en los apriscos altos yo le decía a Amigo que en Carcueña ya éramos ocho, nosotros siete y él:

—Bájate al pueblo, Amigo.

—Que no, Miguel.

—Pero si todos saben que existes... Si con ellos has de estar tan seguro como lo estás conmigo...

—Que no es eso, Miguel.

Pues, ¿qué era entonces? Yo no quería hacer preguntas que Amigo no pudiera responderme; pero a mí mismo no cesaba de hacérmelas: ¿Por qué motivo huía de las gentes como los gatos huyen de los perros? Cuando bajaba a un pueblo no decía una palabra, a mí se me mostró porque estuve en peligro y ahora acudía a nosotros entre sombras. ¿Por qué? No huía de la justicia, porque, según decían, la justicia nada podía probarle. ¿De qué huía entonces? Y aunque huyera de alguien y por alguna causa, estando entre nosotros no hubiera tenido que temer, y nadie iba tampoco a irle con reproches.

Yo le había repetido una y cien veces las palabras de Ana: "Una persona es lo que es y no lo que fue".

—Y es también lo que fue, Miguel...

—Que no, Amigo, que no.

—Que sí, Miguel, que sí.

Así seguimos trabajando sin vernos, levantando el pueblo y labrando las tierras después de que él comenzara a alzar y a labrar. Amigo era el maestro y nosotros aprendíamos de él y hacíamos las cosas según nos indicaba.

—Sea quien sea, para nosotros es un amigo únicamente —dijo alguien.

—Amigo es el nombre que yo le tengo dado —dije yo.

Y Amigo dieron en llamarlo ellos también. Amigo hace esto, Amigo hace lo otro, Amigo estuvo aquí o estuvo allí... La presencia de Amigo la sentíamos todos aunque nadie la viera, si no era yo en los apriscos altos.

—Si quiere vivir sin compañía, tendrá un motivo —dijo Ana— y si no se nos muestra, nadie tiene derecho de ir buscándole las vueltas.

A mí me dolía saberle sólo en los apriscos altos cuando en Carcueña le teníamos los brazos abiertos. Sin embargo, había perdido todas las esperanzas aquella tarde de marzo en la que Juan y Mario nos llegaron de Navalbuena con una noticia que había de mudar por completo las cosas.

Navalbuena es cabeza de partido, en Navalbuena se ventilan los asuntos de otros tantos pueblos, y aquel día Navalbuena fue un hervidero de gentes en todas las esquinas. La causa era sonada, porque aquella mañana habían llegado al pueblo el juez de paz y cuatro o cinco vecinos de Nogal del Monte. Este hecho en un primer momento no movió a nadie; pero apercibiéndose un mozo de que uno de ellos iba entre todos con las manos atadas y la cabeza gacha, alertó a otras personas y se formó en la plaza, delante de la Casa Consistorial, un corro de curiosos apostando si aquel hombre era un criminal o no lo era. Resultó serlo y por ello hubo de quedar en custodia hasta que una justicia más alta determinara qué habría de hacerse con él. El crimen que lo llevaba a presidio corría por todas las esquinas de Navalbuena. Era una historia antigua aquella, y olvidada también, y si salió a la luz, fue por esas cosas extrañas de la vida y por aquel mal carácter que tenía el tío Tarsicio y por el mal vino que tenía también, que apenas se tomaba unas copas de más se le iba la mano pegando a su mujer; pero aquella noche pasada se le fue en demasía y ahora habría de lamentarlo

124

la vida entera. Así se dio en golpearla, y ella en gritarle cosas, y la gente en oírlas, que no se apercibieron de que un ventano había quedado abierto. De esta forma se supo en Nogal del Monte que fue el Tarsicio quien prendiera el pajar del tío Cosme y no aquel Francisco el herrero, pobre hombre, que ahora andaba en las sierras igual que un animal dañino. Y a fuerza de preguntas y a fuerza de amenazas también, que aunque el juez de paz lo intentaba, no podía calmar la furia de aquel pueblo, salió a relucir la historia desde el principio hasta el fin. Y estas fueron las cosas que contó el Tarsicio, temeroso y apretado de iras: «Francisco el herrero me tenía negadas unas tierras por cuya venta le estaba porfiando. Les puse un precio y él lo dobló; y así estaban las cosas, hasta la noche aquella en la que ambos salimos de la taberna del Eufrasio. Él marchaba delante con un candil prendido, porque el pueblo estaba como boca de lobo y a orillas de su casa se abría una barranca. Llevaba, igual que yo, unas copas de más y no se apercibía de que iba siguiéndole los pasos; de todas formas, entonces no tenía ningunas intenciones sobre él, que lo que luego ocurrió fue una casualidad y se me vino a la mente de pronto. Pasando ante el corral del tío Cosme, tropezó con la piedra de la cerca, el candil salió volando por los aires y prendió en el montón de paja que había a la vera de la puerta. Al Francisco le llevó mucho tiempo apagarla porque estaba bebido; pero lo apagó, y en el intento se quemó la cara y se hirió en los labios. Luego siguió su camino sin que nadie, sino yo, se hubiera apercibido del percance, porque estando la casa del tío Cosme algo apartada de las otras, el tío Cosme en la taberna y su mujer durmiendo, estaba yo solo para apercibirme.

»Viendo arder el pajar, se me subió la sangre a la cabeza y me dio aquella mala idea: "Y si el pajar ardiera y luego le dijeras al Francisco que tú habías visto de qué manera ardía y por qué; él llegaría a creer que, quedando algún rescoldo en el pajar, la paja había prendido de nuevo, y así lo tendrías en tus manos y las tierras que quieres serían tuyas a cambio de silencio". Y pensando estas cosas prendí fuego al pajar otra vez; pero luego el fuego se me fue de entre las manos y tomó la cuadra, y tomó la casa también... Me alejé lo más pronto posible porque no quería que nadie dijera luego que me había visto por allí; pero no pensé que a la mujer del tío Cosme llegaran a tomarla las llamas, que podía haber salido por delante; pero debía tener el sueño muy pesado aquella mujer... Luego Francisco el herrero comenzó a culparse a sí mismo y no hubo lugar para irle apretando a causa de las tierras. A aquel Francisco no acababa yo de entenderlo: —Creí que el fuego estaba consumido, y no lo estaba; yo me quemé tratando de apagarlo. El candil me salió volando de las manos; pero yo tenía cuatro copas de más, y ahora esa pobre mujer... —repetía a quien quisiera oírlo, y la gente se dio en culparlo y en caerle encima, y el tío Cosme más que ningún otro, y eso era natural; pero el tío Cosme llegó aquella noche a su casa lo mismo que una cuba, que viéndola arder por los cuatro costados, decía que muy pronto nos habían tomado aquel año los fuegos de San Juan.

»Cuando el herrero cumplió los años de cárcel que le cayeron ya no volvió al pueblo, y la gente dio en decir que estaba en los altos de las sierras, aunque nadie sabía en qué lugar; y luego la gente también se dio en achacarle culpas extrañas y en ponerle motes... Yo nunca le deseé tanto daño, ¡lo juro!; pero no osaba decir lo que sabía, no temiendo por mí; sino temiendo por mis hijos y por esa mujer mía, a quien descubrí el hecho en una mala hora, y que anoche me buscó una ruina para toda la vida.»

Todas estas cosas corrían por Navalbuena lo mismo que un reguero de pólvora; en Navalbuena las oyeron Mario y Juan y subieron a Carcueña con ellas. Oyéndolas, me temblaba el cuerpo entero y no me podía estar quieto de ninguna forma, que me tomaba las manos la una con la otra y revolvía igual que una lagartija. Terminando de

oírlas, y dejando las preguntas que me hacían a mi espalda, me subí a los apriscos altos, empujado de prisas y alegrías.

Aquella misma noche se bajó Amigo al pueblo con nosotros, y aunque el viento soplaba de poniente, a mí me parecía que había entrado ya la primavera.

17. Alba y la última sorpresa

De la noche a la mañana Amigo se convirtió en otro hombre. Pisando fuerte y con la cabeza alta parecía más mozo y más galán, aunque tenía los mismos años y la cara dañada por el fuego, igual que antes. Y era que ya no andaba temeroso y estaba en paz con todos y consigo. Nos lo explicó aquella noche al amor de la lumbre:

«Lo que a mí me pasaba era que tenía la culpa dentro y no podía sacármela de la cabeza. Mil veces veía el pajar envuelto en llamas y yo procurando apagarlo. Después veía el fuego consumido y yo que me marchaba; y luego... ¡aquella mujer muerta!; y la gente gritando: "¡Asesino, asesino!", y yo gritándome asesino también. "Tuya es la culpa, Francisco, que sabiendo que tienes mal beber, bebiste" me tengo dicho más de mil veces en estos años. Y por ello yo no quería vivir con las personas, porque no podía mirarles a la cara.»

Amigo no quiso volverse a Nogal del Monte, aunque allí las gentes pedían su vuelta y hablaban de echarse a las sierras para ir en su busca a dar reparación al daño hecho.

—Reparación ya la tengo dada con los sueños tranquilos. No necesito más —decía Amigo.

129

—Y después de tanto tiempo ya no quiero volver; en Carcueña tengo yo las raíces ahora, porque en Carcueña me tuvieron confianza —añadía mirándome.

Las historias aquellas que habían corrido por las sierras durante tanto tiempo sobre si el Lobo había hecho esto o lo de más allá y si era de una manera o de otra, se las llevó el viento, y nadie sabía ya de quién las había escuchado ni dónde. "Yo nunca he creído esas patrañas" decían unos... "Las cosas de la gente..." decían otros. "Ya se sabe, se empieza diciendo me han dicho y se termina diciendo lo he visto yo...". El Lobo en boca de la gente dejó de ser Lobo y pasó a ser cordero... ¡El hombre mejor de todo el mundo!

—Tampoco son las cosas de este modo, que el fuego se prendió por mi culpa y los hechos no fueron como creí que eran; pero pudieron serlo —decía él meneando confundido la cabeza—. Que me dejen en paz ahora y no reparen en nada, bastante tengo yo durmiendo tranquilo —repetía.

En Carcueña se quedó Amigo y en Carcueña las cosas comenzaron a ser diferentes, porque él sabía cómo hacerlas y en qué momento. "No por mucho madrugar, amanece más temprano" nos decía cuando le íbamos con prisas: "Amigo, ¿no sería ya hora de sembrar...?" "Amigo, y a mí que me parece que este estiércol ya está a punto"... "Amigo, no es posible que hiele ya, si ha comenzado abril"... Hicimos las cosas a su tiempo, poco a poco, sin agobios ni prisas; y tampoco esperamos de la tierra mayores frutos de los que podía darnos. "Estos campos han estado en barbecho muchos años, necesitan sustancia y labor; lo que lleguen a dar ya será mucho" nos decía Amigo, y por ello lo que luego nos dieron siempre llegó a ser más de lo que esperábamos.

Así se nos fue abril, con trabajo y sosiego. Sin embargo, yo tenía una inquietud, y era aquel olvido tan largo en el que había dejado a María la Paloma, a Cornelio el barbero, al José María, sobre todo. Por las tardes los bullicios que había en Carcueña ya no estaban en mi mente, sino en la guitarra de Roberto y en las voces y en las risas de todos los demás. Y sentía un cierto resquemor pensando que si ya tenía dentro de mí el silencio suficiente para hallar a los espíritus de Carcueña, era porque ya no los necesitaba. "Cuando estuviste solo, Miguel, los traías a ti sin pedirles permiso, y eran ellos los que te hicieron cortas muchas tardes de invierno" me decía "y ahora los tienes mudos y sin moverse; María la Paloma ha de estar con la risa cortada y Cornelio el barbero sin saber qué hacer con los gazapos... pues, y ¿el José María?, sin poder montar a su caballo..." Me parecía que, si hubieran podido mostrar algún enojo; me lo hubieran mostrado; pero allí estaba yo con la mente colmada de otras cosas. Sin embargo, una tarde, limpiando la cuadra de Martín el loco, me tomó el silencio por su cuenta y volví a verlos en mi interior; pero no lo mismo que antes los veía, porque no me alargaban las manos, ni me abrían las puertas de sus casas, ni reían conmigo tampoco; aunque no parecían mostrar ningún enojo; permanecían en calma; y viéndolos dentro de mí, recordaba las palabras de mi abuelo, sin olvidar ninguna. Así comencé a entender que, con el pueblo bullendo y alzándose de nuevo, las cosas eran distintas y los espíritus de Carcueña se habían convertido en recuerdos hermosos sosegando en mi mente.

Mayo se nos abrió con Alba, que Alba venía con prisas y empeñada en nacer en Carcueña. Hasta el final del mes no se cumplían las fechas de Ana, y como Enrique quería que su hijo naciera en un lugar seguro y el pueblo no lo era, hablaba de marchar pronto a la capital. Ana, sin embargo, quería que aquel niño viniera al mundo en Carcueña —¡El primer niño después de tanto tiempo!, es bonito... —decía.

—Bonito lo sería; pero esto está a más de una hora de cualquier sitio, y sin médico además...

Roberto se echaba las manos a la cabeza y reía.

—¡Hombre!, sin médico...

—Con médico; pero sin otras cosas por si se tuerce algo. Además, Roberto, tener prácticas de toses y reúmas, las tienes; pero de partos... ¿Cuántas mujeres han parido contigo en Guadarmil?, ¿y en Torjal?

Roberto se reía otra vez y los demás reíamos con él. Ana porfiaba:

—¿Dónde naciste, tú, Miguel?

Yo quería también que Ana se fuera a dar a luz a otro lugar, porque yo nací en Carcueña; pero mi madre se quedó en el afán, y eso que era una mujer fuerte y alta; sin embargo, a mí Ana me parecía tan media moza...

Pero Alba se empeñó en que fuera de otro modo... El último día de abril Ana se sintió extraña, pero no dijo nada. "Ya se me pasará, son las molestias de los últimos meses" pensó, y como tener dolores no los tenía... Hasta se subió al monte, como subimos todos, para cortar el Mallo. Por cierto, que esto es una historia aparte.

La idea no se me ocurrió a mí, sino a Mario —Las cosas en el pueblo deben ser como fueron, al menos en lo que sea posible, en cuanto a fiestas y costumbres. —Nadie le llevó la contraria y yo gozaba oyéndolo—. ¿Había fiestas de mayo en Carcueña, Miguel?

Sí las había; yo no las recordaba, pero mi abuelo me las había contado: el último día de abril los mozos del pueblo se subían al monte para cortar el olmo más galán y más grande. Luego lo bajaban al pueblo entre todos y lo alzaban en medio de la plaza cuando daban las doce de la noche. Lo aligeraban de las ramas más bajas y hermoseaban las más altas con cintas y con ramos. Y allí se estaba durante todo el mes, florecido de adornos, hasta el último día, en el que los mozos habían de hacer cucaña para tomarle las cintas y atarlas luego en la ventana de la moza que tuvieran en mente. A aquel árbol se le llamaba mallo y no mayo, aunque yo no sabía la razón.

—Pues este año nos subimos al monte los mozos y las mozas —exclamó Elena.

—Entonces yo... —suspiró Amigo dándose media vuelta.

—Tú eres el más mozo de todos —dijo Roberto, tomándolo del brazo.

En una sola cosa no estábamos de acuerdo aquel día, que Amigo y yo decíamos que habríamos de tomar el mejor olmo que hubiera en los montes de Carcueña, porque así se hacía en el pueblo antiguamente. Mario decía, sin embargo, y también lo decían los demás que habría de ser un árbol débil, que creciera sin fuerzas o que no dejara crecer a otros árboles y que hubiéramos de tomarlo para leña de todas formas.

—Mira, Miguel, a ese olmo que dices, el más grande, le ha costado crecer muchas aguas y muchos soles..., serían aguas y soles sin provecho...

—Las cosas han de ser como fueron, Miguel, pero no siempre..., y verás qué hermoso queda el árbol de todos modos.

—Ellos tienen ahora la razón, Miguel... y son más —añadió Amigo.

Yo no estaba seguro y aún revolvía por dentro; pero quería tener la fiesta en paz y acomodé mis razones a las suyas.

Al filo de las doce quedó el Mallo en la plaza y a nosotros nos entró mayo con la inquietud de Ana.

—Me parece, Roberto, que esta noche tendrás que hacer de médico —dijo de pronto.

Enrique quería coger la furgoneta enseguida; pero las manos le temblaban buscando las llaves. —Quita, hombre, que yo os llevo —dijo Juan.

—No va a haber tiempo, Enrique, porque este niño tuyo viene con prisas —afirmó Roberto.

Se nos pasó lo que restaba de noche aguzando el oído, mirándonos los unos a los otros y calentando agua.

—Enrique aquí conmigo y todos los demás a calentar agua —había dicho Roberto asomando a la puerta de la habitación de Ana.

Con la primera luz del día sentimos aquel llanto que nos sacó el corazón a los ojos y nos hizo correr arroyos de emoción cuerpo arriba. A mí me tomó el gozo por entero, como el agua de mayo toma a las sementeras, y ya no supe si la risa era llanto o si el llanto era risa, y era que Alba me parecía cosecha adelantada, porque en Carcueña yo había visto a muchas personas marchando de la vida; pero a ninguna asomándose a ella...

Los días que siguieron nos los tomó enteramente Alba, y no había cosa en el pueblo tan importante como que ella mamara o no mamara, tuviera los pañales a punto o durmiera sin ningún sobresalto. Aquella niña era para nosotros la única del mundo; y no tenía un padre y una madre como todos los niños, sino que Elena, Roberto, Amigo..., yo, la sentíamos en cierto modo nuestra; y así la alzaban los brazos de cualquiera, y en cualquier regazo sosegaba igualmente nuestra niña.

A mí me apretaban las prisas de verla crecida, porque creciendo pensaba tomarla de la mano y llevármela conmigo pueblo adentro: "Aquella casa era de María la Paloma, una mujer que tenía la risa siempre abierta", le diría "y aquella otra de Cornelio el barbero, que me regaló dos gazapos siendo yo zagalillo... y la de más arriba, Alba, era la casa de Martín el Loco, un hombre que tenía un hijo con la espalda quebrada; aquel mozo se llegó a figurar que era dueño de un caballo, y lo tuvo, aunque sólo en su mente; y no te rías, Alba, que las cosas de aquí dentro son tan verdaderas como las otras cosas..."

Cuando nació Alba, llegué a pensar que mayo estaba ya cumplido y que nada podría suceder, bueno o malo, que tuviera importancia; sin embargo, no se cumplió del todo hasta el último día: Estábamos de cantos y de risas alrededor del Mallo y, de pronto, se nos alborotaron los perros y corrieron hacia la carretera que sube de Guadarmil; callamos un momento y oímos claramente, en el silencio de la atardecida, el runrún de un motor acercándose.

—Salgamos al encuentro de quien sea con las botas en alto, que el vino hace amigos, y los ramos de mayo en las

manos en señal de bienvenida —se le ocurrió decir a Mario, porque Mario a cualquiera ponía buena cara. Y así marcharon todos al comienzo del pueblo y yo también, que ya hacía mucho que nada se me daba que mis tíos llegaran o no a descubrirme.

En otros tiempos, el ruido aquel me hubiera traído sobresalto; pero entonces ya estaba acostumbrado a las visitas, que aunque no eran muchas, tampoco solían ser muy pocas, porque con siete forasteros en Carcueña, de cuando en cuando nos llegaba un amigo o alguien de la familia, hasta a Amigo venían a verlo algunas veces; a mí únicamente nadie me visitaba; por ello esa tarde yo no esperaba a nadie. Pero cuando vi aquella furgoneta renqueando pueblo adentro, cargada hasta los topes, me tomó un temblor que no podía tenerme y me quedé parado con el ramo en la mano y el asombro saliéndome a la cara. Y luego, cuando vi a la Rosa tan cercana, con el pelo castaño cayéndole a la espalda y sus ojos de siempre cuajados de sonrisas, me di la media vuelta, como un lelo, y comencé a correr camino de la iglesia; después no vi la iglesia ni vi la puerta de la torre, que pasé por ella sin rozarla casi; de tres en tres me subí los escalones sin verlos, y ya en lo alto no vi el pueblo a mis pies ni el Mallo florecido en la plaza; sólo vi aquella media moza que miraba hacia arriba, y entonces me rompió el gozo de repente y me dejé el alma en las manos tocando las campanas.

ÍNDICE